DREAMBOOKS

DREAMBOOKS★

DREAMBOOKS

오렌 퓨전판타지 장편소설
FUSION FANTASY STORY & ADVENTURE

幻野魔帝
환야의 미제

4

dream books
드림북스

환야의 마제 4

초판 1쇄 인쇄 / 2014년 8월 11일
초판 1쇄 발행 / 2014년 8월 18일

지은이 / 오렌

발행인 / 오영배
책임편집 / 편집부
펴낸 곳 / (주)삼양출판사 · 드림북스

주소 / 서울특별시 강북구 솔샘로67길 92
대표 전화 / 02-980-2112 팩스 / 02-983-0660
편집부 전화 / 02-980-2116 팩스 / 02-983-8201
블로그 / blog.naver.com/dreambookss

등록번호 / 제9-00046호
등록일자 / 1999년 3월 11일

ⓒ 오렌, 2014

값 8,000원

(주)삼양출판사 · 드림북스의 서면 허락 없이는 어떠한
형태나 수단으로도 이 책의 내용을 이용하지 못합니다.

ISBN 978-89-542-5384-0 (04810) / 978-89-542-5380-2 (세트)

* 지은이와 협의하에 인지는 생략합니다.
* 잘못된 책은 구입한 곳에서 바꾸어 드립니다.

이 도서의 국립중앙도서관 출판시도서목록(CIP)은 서지정보유통지원시스템홈페이지
(http://seoji.nl.go.kr)와 국가자료공동목록시스템(http:// www.nl.go.kr/kolisnet)에서
이용하실 수 있습니다. **(CIP제어번호: 2014022400)**

4

오렌 퓨전판타지 장편소설

FUSION FANTASY STORY & ADVENTURE

幻野魔帝
환야의 마제

dream books
드림북스

幻野魔帝
환야의 미제

Chapter 1. 반항의 대가 | **007**

Chapter 2. 악몽의 군주 | **031**

Chapter 3. 죽음보다 두려운 것? | **055**

Chapter 4. 그 할아버지에 그 손녀 | **081**

Chapter 5. 부활의 무덤 | **105**

Chapter 6. 새로운 스승 | **131**

Chapter 7. 블러디 윈드 | **155**

Chapter 8. 차원력의 이상 기후 | **179**

Chapter 9. 환야의 무풍지대 | **203**

Chapter 10. 포르미카의 날개 | **227**

Chapter 11. 마왕의 보증 | **253**

Chapter 12. 오르덴의 도시 트라구다 | **279**

Chapter 1

반항의 대가

"마왕 매릭은 위대하신 마왕 샤크 님께 영원한 충성을 맹세하며 샤크 님의 말에 절대복종할 것을 맹약합니다. 이를 어길 경우 그 어떤 저주인들 달게 받겠습니다."

마왕 매릭의 충성 맹약에는 그 어떤 주저함도 없었다. 지금 무슨 맹약을 한다 해도 그것이 자신에게 그 어떤 효력을 미치지 못할 것이라 확신하기 때문이었다.

샤크가 아무리 강력한 마력을 지니고 있다 해도 그가 마왕인 자신을 저주로 속박하기란 불가능하다. 그것이 매릭의 생각이었다.

'크큭! 이따위 맹약이야 백번인들 못 할 것 없지. 네놈이 무슨 미친 망상인지 모르겠지만, 내게 이까짓 수작이 통할 줄 아느냐? 두고 보자! 언제고 오늘의 수모를 그대로 갚아 줄 테니.'

매릭은 속으로 이를 갈았지만 겉으로는 짐짓 진지하게 맹약의 주문을 외웠다. 마치 그가 변신해 있는 순진하고 착해 보이는 어린 소년 그대로의 태도였다.

그런 그를 보는 샤크의 두 눈이 차갑게 빛났다. 매릭이 속으로 무슨 생각을 하는지 샤크가 모를 리 있겠는가. 겉으로는 충성의 맹약을 하지만 속으로 배신을 생각하고 있음을.

'네놈은 지금 나를 어리석다 생각하고 있겠지. 하지만 과연 누가 어리석은지는 곧 알게 될 것이다.'

배신을 그 무엇보다 싫어하는 샤크다. 그런 그가 딱 봐도 곧 배신할 종자를 부하로 받아들인 이유는 무엇일까? 그것도 마왕을!

'어쩔 수 없는 사정으로 죽일 수 없다면 내 말에 절대복종하도록 길들여 주지.'

샤크의 성격상 본래라면 매릭을 벌레 밟듯 단숨에 죽여도 시원찮을 것이다. 그는 비록 어쩔 수 없이 마왕으로 살아야 하는 신세가 되었지만, 다른 마왕에게 그 어떤 동류의

식도 느껴본 적 없었다.

 사악함의 대명사인 마왕에게 그 어떤 자비심을 베풀 수 있겠는가? 차라리 벌레는 살려 줄망정 마왕을 살려 주지는 않을 것이다.

 그러나 마왕 매릭을 죽이게 되면 그의 저주로 얽혀 있는 라우벤과 그의 손녀 로니안도 함께 죽게 될 테니 문제였다.

 라우벤은 샤크의 부하이자 소중한 동료다. 그가 배신하지 않는 한 샤크는 그를 반드시 지켜 줄 것이다. 그리고 로니안은 라우벤의 손녀라는 사실만으로도 샤크의 보호 대상에 놓여 있었다.

 문제는 그들이 마왕 매릭과 저주로 얽혀 있다는 것! 따라서 샤크는 매릭을 죽이는 대신 노예로 길들이기로 결정한 것이다.

 그런데 마왕을 노예로 길들인다? 이것이 진정 가능한 일일까? 이는 환야의 세계에 사는 그 누가 들어도 코웃음 칠 만한 얘기였다. 불가능한 일이라고!

 그러나 출생부터가 환야 세계의 기이한 현상이라 할 수 있을 만큼 특이한 내력을 지닌 마왕 샤크. 그가 스스로 날개의 봉인을 해제하고 마왕으로서의 자신을 드러낸 이상, 그의 사전에 불가능이란 없었다.

마왕이란 본디 길들여질 수 없는 존재이며, 누군가에게 충성을 바칠만한 존재가 아니다. 설령 그 대상이 그보다 강한 마왕일 지라도.

방대한 환야의 세계에서 홀로 자존(自尊)하는 존재! 태어나길 그렇게 태어났고 그것이야말로 마왕의 정체성이었다. 누군가에게 길들여질 바에는 차라리 스스로 소멸을 선택하리라! 마왕이란 바로 그런 존재였다.

적어도 전달자 노인에게 마왕은 그런 존재라고 들었다. 그러나 그와 달리 아주 비굴하게 목숨을 구걸하는 마왕 매릭을 통해 전달자 노인이 현실과 다른 그저 이상적인 마왕의 정체성에 대해 늘어놓았을 뿐임을 샤크는 알 수 있었다.

'도대체 그자의 말은 맞는 게 없군. 내게 구닥다리 지식만 전해 줬어.'

아무래도 전달자 노인이 전해 준 어설픈 지식에만 의존했다간 바보가 되기 십상 일 듯했다. 따라서 샤크는 쓸데없는 고정관념을 버리기로 했다.

마왕이 자신의 목숨을 구걸하는 순간부터 이미 그는 전달자 노인이 말한 독존자 마왕이 아니니까. 그런 마왕을 말 잘 듣는 강아지처럼 만드는 것은 샤크가 볼 때 그리 어려워 보이지 않았다.

'그렇지 않아도 내가 연구한 저주 마법들을 실험해 볼 대상이 없었지.'

지난 20년 동안 샤크는 이미 클라우드 대륙의 인간들이 만든 마법들은 마스터했다. 현재 그는 그것들을 통해 자신이 스스로 각성한 마왕의 저주마법과 파괴마법들을 조금 더 창조적으로 변화시켜보는 단계에 이르러 있었다.

그 와중에 만들어 낸 수많은 저주 마법들! 그것들 중 그 어느 것도 평범한 인간이 견뎌 낼 수 있는 것은 없었다. 샤크 스스로 생각해도 치가 떨릴 만큼 몹시 끔찍하고 저주스러운 것들이었다.

애초부터 연구 목적으로 만들어 낸 것들이니 누군가에게 굳이 펼쳐 보고 싶은 생각은 결단코 없었지만, 대상이 마왕이라면?

'마왕이라면 펼쳐 볼 만하겠지.'

새로 창안한 마법이나 저주가 완벽해지려면 이론만이 아닌 실제로 적용해 봐야 한다. 그래야 생각지 못했던 맹점들을 발견할 수 있는 것이다.

사실 조금 전의 맹약으로 인해 샤크의 무극지기가 대거 매릭의 몸에 침투한 터였다. 그런데 그는 왜 그 사실을 알지 못하는 것일까?

그것은 무극지기의 특성상 매릭의 마기와 완벽하게 조화를 이루었기 때문이었다. 그로 인해 무극지기는 앞으로도 별다른 문제없이 매릭의 체내에 존재할 것이다. 심지어 매릭이 막강한 강적을 만나 심각한 부상을 당했을 때, 무극지기가 스스로 움직여 그를 치료할 수도 있었다.

그러나 그 무극지기는 샤크의 의지하에 놓여 있기에, 그것이 저주로 발동하게 되면 매릭은 샤크의 상상 속에 있던 온갖 기괴하면서도 끔찍한 저주를 몸소 체험하게 되는 행운(?)을 누리게 될 것이다.

물론 샤크는 그런 사실을 전혀 말해 주지 않았다. 어차피 지금 당장은 몰라도 차차 알게 될 테니 굳이 알려줄 필요가 없었다. 사실 지금은 모르는 게 약이리라.

'네놈이 내 말에 절대복종을 한다면 영원히 그 사실을 모르고 살겠지만, 그렇지 않을 경우 마왕으로 태어난 것을 후회하게 만들어 주겠다.'

그에 문득 불길함을 느꼈던 것일까? 매릭은 전신을 엄습하는 매우 찜찜하면서도 불안한 기분에 어깨를 움츠렸다. 뭔가가 크게 잘못되었다는 듯 마음이 무거웠다.

'제길! 왜 이렇게 기분이 더러운지 모르겠군.'

그는 혹시 조금 전의 맹약으로 인해 자신이 샤크의 저주에 제대로 걸린 것이 아닌가 싶은 우려가 들었지만, 아무리 생각해 봐도 그것은 불가능한 일이었다.

'아니야! 결코 그럴 리가 없다.'

그래도 혹시나 싶어 매릭은 자신이 가진 마기의 흐름을 살펴보았다. 저주에 걸렸다면 어떤 식으로든 뭔가 막힘이 있거나 이질적인 무엇이 느껴져야 정상일 테니까.

그러나 그의 신체를 흐르는 마기는 아무런 문제도 없었다. 아니 오히려 이전에 비해 마기가 약간 늘어났을 뿐 아니라 안정되어 있었다. 저주에 걸렸다면 결코 있을 수 없는 일. 그것을 확인한 매릭은 비로소 안심하며 문득 자조 어린 미소를 지었다.

'빌어먹을! 아주 당연한 일을 걱정하다니 내가 소심해진 건가.'

마왕이 저주에 걸리지 않는 것은 상식적으로 아주 당연한 일인데 그래도 혹시 모른다는 두려움을 가졌다는 것 자체가 어이없었다. 그것은 그만큼 그가 샤크를 두려워하고 있다는 증거였다.

물론 매릭은 그 사실을 인정하고 싶지 않았다. 또한 지금은 어쩔 수 없이 샤크의 말에 복종하고 있을 뿐, 조만간 어떤 식으로든 그의 뒤통수를 치거나 혹은 그가 찾을 수 없는 먼 곳으로 달아날 생각이었다.

'네놈이 무엇 때문에 하찮은 인간들에 집착하는지 모르지만, 내가 가기 전에 네가 소중히 여기는 것들을 흔적도 없이 없애 버리겠다.'

매릭은 샤크가 인간인 라우벤과 로니안의 목숨을 위해 자신을 살려 둔 것임을 잘 알고 있었다. 그로써 목숨을 보전하게 되어 다행이긴 하지만 마왕인 샤크가 한낱 하찮은 인간의 목숨을 그리 중요하게 생각하고 있다는 것이 이해가 되지 않았다.

그런데 그 정도는 사실 아무것도 아니었다. 그다음에 벌어진 일에 비하면 말이다. 매릭으로서는 도무지 상상도 해 보지 못했던 기괴한 일이 벌어지고 말았으니!

"유아즈 아배흐……! 환야의 세계에서 오래도록 고통받은 불쌍한 영혼들이여! 이제 마왕 샤크의 이름으로 그대들의 구속을 풀어준다. 이후로 누구도 그대들을 구속하지 않을 것이니 부디 편안한 안식을 취하도록 하라."

휘이이이이—

샤크의 주위에 은빛의 폭풍이 휘몰아쳤다. 그동안 그의 몸에 붙어 있던 영혼들이 풀려나며 일어난 폭풍이었다.

휘이이! 휘리리리리—!

영혼들의 숫자는 실로 많았다. 그동안 샤크에게 죽임을 당한 여러 마물들이 구속하고 있던 영혼들의 숫자도 적지 않았지만, 그중 대부분을 이루는 것은 마왕 쿠드나스가 소유하고 있던 영혼들이었다.

클라우드 대륙에 숨어든 후 오래도록 자신의 존재를 숨겨왔던 소마왕 쿠드나스. 그가 샤크에게 죽임을 당하자 자연스레 그가 소유했던 인간들의 영혼도 샤크에게 귀속되었었다. 그 영혼들은 이곳 클라우드 대륙뿐 아니라, 환야의 거대 세계에 존재하는 다른 소세계들에 속한 인간들의 영혼도 꽤 포함된 터였다.

스스스스—

오랜 구속에서 벗어나 해방의 자유로움을 만끽하는 영혼들! 그들은 샤크의 주위에 잠시 머물렀다가 어딘가로 향했다.

아무도 그들을 구속하지 않는 자유로운 곳으로! 태어날 때부터 그토록 갈구했던 자유로움의 본향으로!

영혼들이 일제히 발하는 신령한 빛들이 환야의 하늘을 신비롭게 물들였다. 아마 그것은 환야의 세상에서 가장 아름다운 광경 중 하나일 것이다.

샤크는 그 장면을 흐뭇한 미소를 지으며 바라봤지만, 매릭은 어이가 없다 못해 황당해하는 표정이었다. 그는 도저히 믿기지 않는 이 장면을 어떻게 이해해야 할지 머리가 혼란스러웠다.

'저놈! 지금 대체 무슨 짓을 하는 거냐?'

구속된 인간의 영혼은 마왕에게 맛좋은 간식거리일 뿐 아니라 마력을 회복시킬 수 있는 회복 포션의 역할도 한다. 아주 오래 구속된 것들일수록 그 효능이 뛰어나기에 마왕들은 한 번 잡은 영혼은 절대 풀어 주지 않는다.

그것은 매릭 역시 마찬가지. 다만 그는 천여 년 전 한 용자에게 죽임을 당하면서 그가 소유했던 영혼들을 모두 잃어버렸다. 그리고 이제 막 부활을 한 상태라, 간식거리로 쓸 영혼이 하나도 없는 터였다.

그러다 보니 샤크가 가히 셀 수도 없는 많은 영혼들을 풀어 주는 장면을 보자 애가 타지 않을 수 없었다. 인간으로 치자면 피 같은 돈을 길바닥에 쏟아 붓는 것과 같은 상황이랄까?

'크으! 완전히 미친놈이다. 환야의 세계에 별 기괴한 성격의 마왕이 다 있다지만 저놈처럼 제대로 미친놈은 또 없을 것이다.'

매릭은 샤크가 영혼들을 해방시킨다는 생각은 하지 않았

다. 그냥 버린다고 생각할 뿐.

'가만! 어차피 버린 것이라면?'

그는 자신도 모르게 손을 내밀어 영혼 하나를 덥석 움켜쥐고 말았다. 잡아 보니 인간 소녀의 영혼이었다.

'크흐! 이 말랑말랑하고 보드라운 감촉이라니! 맛이 아주 기가 막히겠구나.'

소녀의 영혼이 깜짝 놀라 벗어나려 했지만, 매릭은 어림없다는 듯 그녀를 꽉 움켜쥐고는 곧바로 입으로 가져갔다. 그러다 그는 힐끗 샤크의 눈치를 봤다. 버린 걸 주워 먹는데 혹시 뭐라고 하진 않겠지만 그래도 혹시 몰라서였다.

그런데 아니나 다를까, 샤크는 섬뜩하기 이를 데 없는 눈빛으로 매릭을 쏘아보고 있었다. 매릭은 흠칫 놀랐지만, 모처럼 군침 도는 인간의 영혼을 맛볼 수 있는 기회를 놓치고 싶지 않아 모른 척 고개를 돌려버렸다. 그리고는 영혼을 입 속에 털어 넣으려 입을 최대한 쩍 벌렸다.

"풀어 줘라."

그 순간 샤크의 차가운 음성이 매릭의 귓전을 때렸다. 풀어 주라니! 이 무슨 말도 안 되는 소리를! 매릭은 인상을 쓰고 샤크를 노려봤다.

"닥쳐라! 못 풀어 줘! 이건 내 거야."

라고 외치고 싶었지만 그의 입에서는 전혀 다른 말이 튀어나왔다. 그것도 매우 공손한 말투였다.

"어차피 버린 걸 주웠는데 풀어 주라니, 웬 말씀이신지요."

"착각하고 있군. 난 영혼들을 버린 것이 아니라 풀어 주었다. 그런데 네놈이 그중 하나를 잡은 것이지."

어이가 없다는 듯 매릭의 두 눈이 휘둥그레 커졌다. 영혼을 버린 것이 아니라 풀어 주다니! 이게 어디 마왕이 할 소리인가?

'크큭! 이 맛난 걸 먹지 않고 풀어 줘? 말도 안 되는 소리를 하는군.'

마왕이 인간의 영혼을 풀어 준다? 매릭이 다시금 확신컨대, 방대한 환야의 세계에 존재했던 무수한 마왕들 중에서 그 누구도 그따위 정신 빠진 짓을 하는 이는 없었다. 따라서 그는 인간의 영혼들을 풀어 준다는 샤크의 말을 믿을 수 없었다. 그는 왠지 샤크가 자신을 조롱하기 위해 말도 안 되는 소리를 지껄인다 생각했다.

"뭘 꾸물대는 거지? 빨리 풀어 주지 못하느냐?"

샤크의 눈빛이 더욱 사나워지자 매릭은 움찔했다. 그러나 모처럼 어렵게 얻은 맛좋은 간식거리를 이렇게 놓쳐버린다고 생각하니 분통이 터져 미칠 것 같았다. 그러다 그는 문득 의미심장한 미소를 지었다.

'크큭! 그렇군. 어차피 저놈은 날 죽이지 못할 텐데……'

매릭이 죽는 순간 라우벤과 로니안도 죽게 된다. 따라서 샤크는 절대 매릭을 죽일 수 없는 것이다. 그가 자신을 죽이지만 않는다면 별로 두려울 것 없다는 생각에, 매릭은 그대로 입속에 소녀의 영혼을 털어 넣어버렸다.

물론 그것은 그의 생각일 뿐, 샤크가 손을 슥 휘젓자 소녀의 영혼은 매릭의 손을 벗어나 까마득한 상공으로 날아올랐다. 소녀의 영혼은 샤크를 향해 고마움의 표시로 환한 미소를 보내고는 환야의 세계 저편으로 사라졌다.

"크으! 망할!"

매릭은 인상을 구겼다. 샤크를 노려보는 그의 눈빛은 험악하기 그지없었다. 그가 아무리 노예처럼 복종한다 말하긴 했지만 이건 아니지 않은가.

"별것도 아닌 인간의 영혼도 못 먹게 하다니 정말 너무하는군. 꼭 그렇게 팍팍하게 굴어야겠느냐?"

화가 머리끝까지 치솟은 매릭은 현재 자신이 처한 현실도 잊고 반항기가 가득한 눈빛으로 샤크를 노려봤다. 누가 봐도 당장 덤벼들 기세였다. 순간 샤크의 입가에 차가운 미소가 피어났다.

"지금 그 태도는 뭐지? 기어코 충성의 맹약을 어긴 대가를 치르고 싶은 건가?"

곧바로 샤크의 두 눈에서 섬뜩하기 이를 데 없는 한기가 폭발하듯 쏟아져 나왔지만, 매릭은 입가를 비틀며 키득 웃었다.

"충성의 맹약? 개소리 따윈 집어치워라. 내게서 고분고분함을 원한다면 포기하는 게 좋을 거야. 큭큭큭!"

"죽고 싶은가 보군."

"어차피 넌 날 죽이지 못해. 내가 죽으면 네가 애지중지하는 저 아래 버러지 같은 것들도 함께 죽게 될 텐데. 안 그래?"

그 말에 샤크가 미간을 살짝 찌푸렸다.

"그건 잘 아는군. 난 저들의 저주를 풀기 전까지 널 죽일 생각은 없다. 그러나 네 스스로 죽고 싶게 만들어 주는 건 어려운 일이 아니야."

"큭! 그게 쉬운 일일까?"

매릭은 어디 해볼 테면 해 보라는 식으로 나왔다. 솔직히 죽지만 않는다면 그로서는 두려울 것이 없었다. 샤크가 그에게 어떤 고통을 준다 한들 마왕인 그가 한낱 고통 따위에 굴할 존재인가?

'크! 불 속에 집어넣던지든 칼로 온몸을 다지든 어디 마음대로 해 봐라. 내가 눈 하나라도 깜빡할 줄 아느냐?'

매릭이 샤크를 두려워했던 것은 그가 자신을 죽일 수도 있다는 생각 때문이었다. 그러나 장구한 마왕으로서의 삶에 종지부를 찍게 되는 일만 아니라면 그 어떤 것도 그를 두렵게 만들 수 없었다.

그런 그를 노려보는 샤크의 눈이 기이하게 빛났다.

"쯧! 어리석군. 과연 잠시 후에도 그따위 소리가 입에서 나오는지 두고 보겠다."

"키킥! 날 복종시킬 기막힌 방법이라도 있는 거냐?"

"물론이야. 난 네게 하나의 저주 마법을 펼칠 것이다."

"저주라?"

매릭의 입가에 가소롭다는 듯한 미소가 피어났다. 그는 속으로 어이가 없었다.

'저놈이 왜 저리 저주에 집착하는지 모르겠군.'

아까 충성을 빌미로 저주의 맹약을 시킨 것도 그렇고, 이제는 새로운 저주 마법을 펼치겠다며 협박을 하는 것도 그렇고, 매릭은 샤크가 왜 쓸데없는 짓을 하는가 싶었다.

"제길, 또 저주냐? 좋다. 그럼 어디 한번 펼쳐 보아라."

"재촉할 것 없다. 이미 저주는 펼쳐졌으니까. 이제 너는 내게 감히 대항한 대가를 처절히 치르게 될 거야."

샤크가 담담한 미소를 지으며 말하자 매릭은 흠칫 놀랐다. 대체 언제 저주를 펼쳤다는 말인가? 그는 겉으로는 태연한 표정을 짓고 있었지만 속으로는 왠지 찜찜하기 짝이 없었다. 물론 그런 내색을 하지 않고 큭큭 거리며 조소를 보냈다.

"그렇다면 한 가지 내기를 하는 것이 어떠냐?"

"내기?"

갑자기 내기라니! 샤크는 의외라는 눈빛으로 매릭을 쳐다봤다. 매릭은 의미심장한 미소를 지었다.

"이대로 그냥 저주만 걸면 너무 재미가 없으니 하는 말이지."

"재미라."

"물론이야. 장구한 마왕의 삶에서 재미가 없다면 무슨 낙으로 산단 말이냐? 그러니까 만일 네가 펼친 저주가 내게 통하지 않는다면 날 그만 풀어 주는 것이다. 어때? 아주 흥미로운 내기 아니냐?"

"그런 일은 없다. 잠시 후면 너는 내게 오직 두 가지 말

중 하나를 하게 될 테니까."

"그 두 가지가 뭔데?"

"살려 달라고 애걸하든지, 차라리 죽여 달라고 절규하겠지. 너무 고통스러워서 말이야."

"큭! 고통이라? 한낱 육체적 고통 따위에 마왕인 내가 굴복한다는 건가?"

매릭이 코웃음 치자 샤크는 기이한 눈빛을 보내며 말했다.

"매 앞에 장사는 없다는 게 나의 철칙이지. 거기엔 마왕이든 용자든 예외는 없다."

다른 것도 아니고 매를 때리겠다? 뭔가 거창한 저주인 줄 알았더니 고작 그것이었나?

'크흐! 미친놈! 하찮은 매질 따위로 나를 굴복시키겠다니 아주 헛꿈을 꾸고 있구나.'

그로서는 상상도 해 보지 못한 거창한 저주마법이라도 펼쳐질 줄 알았던 매릭은, 왠지 맥 빠진 듯한 표정으로 잠시 샤크를 노려보다 이내 어깨를 으쓱하더니 퉁명스레 대꾸했다.

"뭐 그렇다면 내가 그 예외를 보여 주지. 어디 마음껏 나를 때려봐라. 단, 내가 그것에 굴복하지 않으면 넌 나를 풀어 줘야 한다."

"그렇게 꼭 내기를 하고 싶은 건가?"

"물론이야. 너 역시 그토록 자신한다면 내기를 못 할 건 없지 않으냐?"

그러자 샤크는 흔쾌히 고개를 끄덕였다.

"그렇다면 내기를 하는 것으로 하지. 결과가 뻔한 승부를 굳이 내기로 한다는 것이 내키지 않지만."

샤크가 결국 내기에 응하자 매릭은 속으로 쾌재를 불렀다. 드디어 풀려날 수 있을 것 같아서였다.

'큭! 애송이 놈, 딱 걸려들었군.'

마왕인 매릭은 그가 가진 힘의 근원만 파괴되지 않는다면, 머리가 잘리거나 심지어 몸통이 산산조각난다 해도 죽지 않는다. 또한 고통도 없다. 인간에게는 그것이 매우 끔찍한 고통이지만, 마왕은 그것을 무감각으로 바꿀 수 있다. 아니, 오히려 고통이 아닌 쾌락의 감각으로 바꿔 버릴 수도 있었다.

따라서 샤크가 아무리 고통스럽게 저주를 펼치고 매질을 가한다 해도 매릭은 그를 조롱하며 키득거릴 수 있는 것이다.

'크흐흐! 네놈이 고작 매질로 나를 겁주려 하느냐? 어디

얼마든지 해 봐라. 신 나게 즐겨 줄 테니 말이야.'

매릭은 제대로 맞을 준비를 하며 가볍게 심호흡을 했다. 그때 샤크가 한 걸음 앞으로 다가오며 말했다.

"그나저나 내기가 일방적일 수는 없으니 나도 조건을 걸어야겠지. 네가 만일 내게 살려 달라거나 혹은 죽여 달라고 구걸하게 되면 너는 내게 무엇을 주겠느냐?"

내기란 본디 쌍방조건이 있어야 성립될 수 있는 것! 매릭이 승리하게 되면 풀려나는 조건이 있는 것처럼, 반대로 샤크가 승리하게 되었을 때 샤크가 얻을 수 있는 무언가가 있어야 함은 당연하다. 매릭은 인상을 쓰며 대꾸했다.

"빌어먹을! 그땐 뭐든 네가 시키는 대로 다 하겠다. 됐냐?"

"너는 이미 내 종이다. 어차피 종은 주인이 시키는 건 뭐든 다 해야 되는데 왜 새삼스레 그따위 걸 조건이라 거는 건가?"

샤크가 내기는 없는 걸로 하겠다는 듯 나오자 매릭은 다급한 표정을 지었다.

"그럼 원하는 게 뭐냐?"

"글쎄! 특별히 원하는 게 없다는 것이 문제지."

"크으! 원하는 게 없다면 어떻게 내기가 성립된다는 말이냐?"

"그러니까 나의 흥미를 돋우는 조건을 네가 말해 보라는 것이다. 없다면 굳이 내기 따위를 할 필요는 없겠지."

결과야 이미 정해졌지만 그래도 조건에 있어서 일방적으로 손해 보는 내기를 할 이유가 있겠는가? 샤크의 말이 틀리지 않음을 매릭 역시 알고 있었다. 그는 잠시 고심에 잠겼다가 무겁게 입을 열었다.

"일루전 트레저인 부활의 무덤을 네게 양도하겠다. 이 보물이 있으면 너는 죽어도 다시 부활할 수 있지. 어떠냐? 이 정도라면 충분한 내기가 될 것 같은데?"

환야의 세계에 존재하는 기이한 보물들이라 불리는 일루전 트레저! 그중 하나인 부활의 무덤을 주겠다는 것이었다. 그러나 샤크는 코웃음 쳤다.

"착각하고 있구나. 그건 네가 나의 종이 된 순간 이미 내 소유가 되었다. 이미 내 것이 된 것을 가지고 선심 쓰듯 조건을 건다니, 지금 장난하는 건가?"

순간 매릭은 할 말이 없었다. 그러고 보니 그것은 이미 샤크에게 바치기로 한 터였다. 따라서 설사 그가 내기에 이겨 풀려난다 해도 부활의 무덤은 내놓고 가야 할 것이다.

"그렇다면 숨겨 둔 보물들이 있는 곳을······."

"됐고! 보물 따위는 관심 없으니 다른 걸 말해 봐라."

샤크는 시큰둥한 표정으로 매릭의 말을 끊었다. 보물에 관심이 없다면 대체 무슨 조건을 걸라는 건가? 매릭은 어이없어하는 표정으로 샤크를 노려보다가 불쑥 말했다.

"자리 잡기 좋은 괜찮은 소세계의 위치를 알려 주겠다. 너도 마왕이니 어딘가 자리를 잡아야 할 것 아니냐? 이곳 클라우드 대륙과는 비교할 수 없이 큰 대륙이 있지. 그곳에는 권속으로 부릴 수 있는 미모의 정령들과 이종족들이 잔뜩 있다. 어떠냐?"

"관심 없어."

"크으! 그러면 마기가 가득한 마물 숲의 위치는?"

"그것도 됐으니 다른 거나 말해 봐."

"……."

그 후로도 매릭이 생각하기에 괜찮아 보이는 조건을 걸어도 샤크의 관심을 끌지 못했다. 오히려 샤크는 차가운 표정으로 말했다.

"역시나 나의 흥미를 끌 만한 조건이 없으니 굳이 내기를 할 필요가 없겠군. 내기는 없는 것으로 하겠다."

샤크의 말에 조급해진 매릭은 다급히 외쳤다.

"잠깐! 마지막으로 하나만 더! 그러면 이건 어떠냐?"

"쯧, 아직도 포기를 안 했나? 거기까지만 들어보겠다."

매릭은 침을 꿀꺽 삼켰다. 마지막 조건! 이것이 샤크의 관심을 끌지 못하면 그는 내기를 통해 풀려날 기회를 얻지 못할 것이다. 그런 만큼 그로서는 샤크가 솔깃할 만한 조건을 말해야 했다.

'어차피 내가 이길 텐데 무슨 조건인들 말 못할 것 없지.'

웬만한 것으로는 샤크의 관심을 끌지 못한다. 뭔가 파격적인 것이어야 하리라.

"내가 지면……."

결국 매릭은 비장한 표정을 지으며 하나의 특별한 조건을 얘기했다.

Chapter 2
악몽의 군주

"만일 내가 내기에서 지면 영원히 너의 군마가 되어 충성을 바치겠다."

군마(軍馬)가 되겠다? 이건 또 무슨 엉뚱한 소리인가? 날개를 가진 마왕에게 군마 따위가 무슨 필요가 있을까? 그냥 날아다니면 되는 일인데.

"글쎄! 그것도 별로군."

샤크의 표정이 시큰둥하게 변하자 매릭이 다시 다급히 외쳤다.

"큭! 그냥 군마라 하니 실감이 안 나나 보군. 그럼 보여주지. 악몽 군주의 위용을!"

그 말이 끝나는 순간 매릭의 주위로 흑색 구름이 몰려들었다.

휘이이이—!

사방에서 모여드는 흑색 구름이 마치 소용돌이와 같이 휘돌았고, 그것들은 이내 하나의 형상을 이루기 시작했다.

우르르르! 쿠콰콰콰쾅!

귀를 찢을 듯한 굉음과 돌풍들! 암흑의 결계 안이 요동치듯 뒤흔들리더니 이내 전면에 거대한 흑마(黑馬)의 형상이 나타났다.

쿠오오오오!

흑색의 날개를 양옆으로 펼친 늘씬한 흑마의 위용! 태양처럼 이글거리는 검붉은 눈빛은 그 앞에 존재하는 그 어떤 것이든 태워 버릴 듯 가공했다. 물론 샤크는 그저 담담히 그것을 응시하고 있을 뿐 별달리 놀란 표정도 없었다. 다만 그의 눈빛에 약간의 이채는 번쩍였다.

"외양은 제법 그럴듯하군. 그러나 내가 널 타고 다니는 건 번거로운 일일 뿐이야."

"큭큭! 물론 마왕인 네게 군마 따위가 굳이 필요하진 않겠지. 너도 나처럼 환야 대세계의 상공에 존재하는 차원력을 그다지 두려워하지 않아도 될 테니 말이야. 그러나 차원력과 직접 맞서는 건 상당히 피곤한 일 아니냐?"

환야의 대세계! 이는 클라우드 대륙과 같은 무수한 소세계를 포괄하는 거대 환야를 일컫는 말이었다. 끝이 존재하지 않는 무한히 광대한 황무지와 같은 환야의 벌판. 그 속에 무수한 소세계들이 곳곳에 숨어 있음은 샤크 역시 이미 알고 있는 사실.

그러나 그 무한이 뻗어 있는 황무지 벌판의 상공에는 클라우드 대륙과 같은 소세계들의 상공과는 달리 차원력이라 불리는 미증유의 기운이 존재하고 있었다. 그곳에선 날개를 가진 마물이나 마족 혹은 비행 마법을 펼칠 수 있는 어떤 종족이라 해도 섣불리 비행하기 어려웠다.

물론 그렇다 해서 비행 자체가 불가능한 것은 아니었다. 다만 차원력에 의해 각각이 가진 마기나 혹은 마나가 급속도로 빨리 소진된다는 것이 문제일 뿐.

이를테면 각각의 마물마다 그 능력이 판이하지만 상급 정도의 능력을 가진 마물의 경우에는 대략 몇 분 정도의 시간이 한계였다. 물론 많은 양의 마기를 가진 최상급 마물이나 마족 중에는 한 시간 이상 비행이 가능한 이들도 꽤 있었다.

그러나 그렇다 해도 그 시간 동안 환야의 상공을 지속

해서 비행하는 마물이나 마족은 거의 없었다. 비행 중에는 차원력에 의해 마기가 급속도로 소모되는데, 그 상태에서 적을 만났을 경우 어떤 불상사가 생길지 모르기 때문이다.

따라서 갑자기 강력한 적을 만나 도주해야 하는 경우나, 혹은 적을 급습해야 하는 불가피한 상황이 아니라면 대부분의 마물이나 마족들은 환야의 상공 위로 날아오르는 일은 좀처럼 하지 않는다 했다.

그러나 그런 마물이나 마족들과 비할 수 없이 강력한 마기를 지닌 마왕들은 환야의 상공에 존재하는 차원력에 대한 저항이 존재했고, 그로 인해 제법 오랜 시간 동안 비행을 하는 것이 가능했다.

물론 마왕뿐 아니라 마왕 못지않은 능력을 지닌 용자들이나 혹은 로아탄, 정령왕, 그밖에 차원력에 강한 저항을 가진 아주 특별한 종족이나 존재들의 경우에도 환야의 상공을 비행하는데 그리 어려움을 느끼지 않는다.

다만 아무리 그들이라 해도 환야의 상공을 몇 날 며칠이고 지속해서 비행하는 건 무리가 있었다. 그들이 비록 차원력에 대한 저항력이 존재한다 해서 아무런 피해를 입지 않는 것은 아니기 때문이다.

또한, 설령 지속적으로 비행이 가능하다 해도 속도가 문제였다. 상공에서 천천히 부유하듯 이동하는 것이라면 별 무리가 없지만, 빛살처럼 빠르게 이른바 질주 비행을 하는 순간에는 차원력의 거센 저항에 의해 엄청난 힘의 소모가 생기게 되는 것이다.

 따라서 아주 강력한 능력을 지닌 마왕들이라 해도, 웬만해선 오랜 시간 동안 지속 질주 비행을 하지 않았다. 자칫 차원력에 의해 피로가 누적된 상태에서 적과 조우했을 경우 큰 낭패를 겪게 될 테니까.

 매릭은 바로 이 점에 착안해서 샤크에게 솔깃한 조건을 제시한 것이었다.

 "어떠냐? 내가 너의 말이 되어 차원력과 맞서주면 너는 환야의 상공을 비행할 때 아주 편하지 않겠느냐?"

 "편하기야 하겠군."

 "큭! 편한 정도가 아니라 생존에도 매우 도움이 될 것이다. 갑자기 용자 놈들이 나타나 너를 공격해 와도 빠르게 도주가 가능할 테니 말이야."

 그 말에 샤크는 피식 웃었다.

 "그러니까 유사시 도주를 하는데 용이한 조건이라 이거군."

"물론이다! 용자 놈들이 떼로 덤벼들면 너 혼자서 무슨 수로 당해낸단 말이냐? 네놈이 아는지 모르겠지만 대체로 용자 놈들은 패거리를 지어 다닌다. 특히 피닉스를 길들여 타고 다니는 놈들을 만나면 끝장이지."

"피닉스?"

전달자 노인에게 들은 적이 없는 내용이다 보니 샤크는 고개를 갸웃했다. 그러자 매릭은 어이없다는 눈빛을 보냈다.

"피닉스도 모르는 풋내기 마왕 놈에게 내가 지다니, 제기랄!"

"닥치고 그게 뭔지 말해 봐라."

샤크의 눈빛이 차가워지자 매릭은 움찔하더니 곧바로 설명을 시작했다.

피닉스!

전투력에 있어서는 마왕에 감히 비할 수도 없는 미약한 존재이지만, 특이하게 차원력에 있어서만은 마왕보다 강한 저항력을 지니고 있어서 환야의 상공을 자유롭게 비행하는 기이한 새였다.

다만 피닉스는 그 개체 수가 매우 적을 뿐 아니라 출몰되는 지점도 알 수 없기에 그것을 길들이기란 매우 힘든 일이었다. 특히 아무리 마왕이나 용자가 그것을 선택한다 해도 피닉스가 그들을 주인으로 인정하지 않으면 차라리 자폭을 할망정 길들여지지 않는다 했다.

피닉스의 자폭!

미약한 전투력과는 달리 자폭 순간의 폭발력은 상상을 초월해 웬만한 마왕들도 극심한 부상을 입을 정도인 만큼, 그것을 길들이는 것은 상당한 모험이 아닐 수 없었다. 그런데 그것을 실제로 길들여 타고 다닌다는 용자들이 존재할 줄이야.

'그만한 모험을 하다니! 제법 멋진 용자들도 있었군. 하긴 용자라면 그 정도는 돼야지.'

샤크는 환야의 세계에 피닉스라 불리는 신비로운 새가 존재하고 있다는 것에도 놀랐지만, 큰 부상이나 혹은 죽음을 무릅쓰고 그것을 길들이는 용자들이 있다는 것이 왠지 흡족했다. 그 역시 혹시라도 환야의 세계를 여행하다 피닉스를 발견하게 되면 꼭 한 번 길들여 볼 생각이었다.

그런데 그런 샤크의 내심을 알 리 없는 매릭은 초조하기 그지없었다. 그는 샤크를 향해 재촉하듯 다시 말했다.

"피닉스가 매우 빠르긴 하지만 내가 전력을 다한다면 어떻게든 놈들을 따돌릴 수 있다. 물론 그 후로는 한동안 휴식을 취해야겠지만, 대신 너는 손 하나 까닥 않고도 놈들을 피해 달아날 수 있으니 이렇게 좋은 조건은 또 없지 않으냐?"

그의 말은 확실히 일리가 있었다. 샤크 역시 도주야 어려운 문제가 아니지만, 그로 인해 힘이 소진된 상태에서 또 다른 적과 조우하게 되면 낭패를 당할 수 있기 때문이다. 따라서 스스로 샤크의 군마가 되어 충성을 바치겠다는 마왕 매릭의 제의는 실로 솔깃하다 할 수 있었다.

"좋아. 성의를 봐서 그 제의를 일단 받아들이도록 하지."

샤크가 고개를 끄덕이자 매릭은 속으로 쾌재를 불렀다.

'흐흐! 드디어 놈이 걸려들었군.'

매릭은 샤크가 별 수법을 다 쓴다 해도 자신이 그에게 살려 달라거나 죽여 달라고 구걸하지 않으리라 확신했기에, 이번 내기는 반드시 자신이 이길 것이라 생각했다.

그러나 그것이 얼마나 크나큰 망상이었음을 깨닫는 것은 그리 오랜 시간이 걸리지 않았으니! 비로소 샤크의 저주가 발현되기 시작하는 순간이었다.

"그럼 각오해라."

"크흐! 얼마든지."

매릭은 자신만만한 표정으로 고개를 끄덕였다. 그러자 샤크는 다짜고짜 주먹을 휘둘러 매릭의 복부를 후려쳤다.

퍼억!

"……!"

매릭이 볼 때는 가소롭다 못해 유치하기 짝이 없는 샤크의 공격! 그러나 한 대 맞는 순간 느낌이 왠지 이상했다. 뭔가 거북스러운 고통이랄까?

'이상하군.'

본래라면 아무런 느낌도 없어야 정상이었다. 물리적 충격으로 육신의 일부가 함몰되거나 파괴된다 해도 어차피 힘의 근원이 건재한 이상 그에게 어떤 특별한 고통이 느껴질 리는 없기 때문이다.

그런데 그저 툭 하고 한 대 맞았을 뿐인데 갑자기 정신이 아득해지는 기분이었다.

'크어! 이게 어찌 된……'

그 사이 샤크의 주먹이 다시 매릭의 복부로 날아들었다.

퍽—!

"크윽!"

아까보다 훨씬 강력한 느낌! 이번에는 신음이 절로 나왔다. 본래라면 절대로 나올 수 없는 신음! 그것은 고통으로 인해 반사적으로 튀어나오는 것이었다.

그렇다. 고통스럽지 않다면 왜 신음이 나오겠는가? 그것도 고작 두 대 맞았을 뿐인데 이토록 참기 힘든 고통이 엄습할 줄이야.

'이런 말도 안 되는……'

매릭은 이 이해할 수 없는 상황에 당황했다. 그는 뭔가 잘못되었음을 간파하고 재빨리 자신의 몸에 엄습하는 고통의 감각을 다른 감각으로 전환시키려 했다. 아픔이 아닌 쾌락으로!

퍽!

그런데 소용없었다. 다시금 날아든 샤크의 주먹이 그의 안면을 후려갈겼을 때 매릭은 말 그대로 정신이 날아가는 기분이었다.

'쿠으악! 이, 이게 뭐냐?'

매릭은 간신히 참았지만 사실 입이 찢어져라 비명을 지르고 싶은 심정이었다. 모든 감각을 통제할 수 있고, 감각의 전환마저 자유자재인 그로서는 처음 느껴보는 끔찍한 고통이었으니까.

'크으! 도무지 감각이 통제가 되지 않는다. 어째서 이런 일이……'

인상을 일그러뜨리며 고통을 참는 그를 향해 샤크가 차갑게 웃으며 말했다.

"아직 시작도 안 했는데 벌써부터 인상을 쓰면 어떻게 하느냐?"

그러자 매릭은 두 눈을 부릅뜨고 샤크를 노려봤다.

"크윽! 닥쳐라. 그보다 네놈! 내 몸에 대체 무슨 수작을 부린 것이냐?"

"네게 웬만한 저주는 통하지 않을 테니 조금 특별한 저주를 걸었지. 어떠냐? 더 이상 큰 고통을 당하기 전에 그만 굴복을 하는 것이!"

샤크가 굴복하면 저주를 그만 거두어 주겠다는 의사를 밝혔지만 매릭은 코웃음 쳤다.

"크크! 굴복이라? 네놈이 뭔가 착각하고 있구나. 고작 이따위 하찮은 저주로 내가 꿈쩍이나 할 줄 아느냐?"

매릭은 이를 악물고 고통을 참아보기로 했다. 여기서 굴복하면 끝장이었다. 마왕인 자신이 다른 마왕의 군마로 평생 충성을 바쳐야 한다는 것은 말도 안 되는 일 아닌가?

'크으! 고통! 그까짓 것은 얼마든지 참아 주마. 마왕인 내가 이따위 고통에 굴할 것 같은가?'

매릭의 비장한 표정을 보며 샤크는 담담히 고개를 끄덕

악몽의 군주 43

이며 말했다.

"각오가 단단한 것 같으니 이 저주가 어떤 것인지 간단하게 설명을 해 주마. 고통을 당하더라도 뭔지 알고는 당해야 덜 억울할 테지."

"크큭! 몰라도 상관없다만 말해 준다니 고맙구나."

"과연 설명을 듣고도 고맙다는 말이 나올지 모르겠군."

샤크는 의미 모를 기이한 미소를 흘리며 말을 이었다.

"간단하게 말해서 네가 당한 저주는 맞으면 맞을수록 고통이 누적 가중되는 특별한 효력을 가지고 있다."

"……고통이 누적 가중된다니! 그게 무슨 개소리냐?"

매릭은 인상을 찌푸리며 물었다. 샤크는 즉시 대답해 주었다.

"쉽게 말해 조금 전 너는 나에게 도합 세 대를 맞았지."

"그게 어쨌다는 거냐?"

"이제 내가 너를 다시 한 대 가격하게 되면, 그 앞에 맞았던 세 대의 고통도 같이 누적되어 너는 도합 네 대를 동시에 맞는 것 같은 고통을 느끼게 된다는 뜻이다. 이제 무슨 말인지 대충 알겠나?"

순간 매릭의 인상이 일그러졌다. 어쩐지 맞을수록 더욱 심하게 아프다 했더니 그따위 빌어먹을 저주가 실려 있었단 말인가? 그러나 그는 조소 어린 미소를 지었다.

"크큭! 뭐 그렇다면 제법 화끈하겠군. 어디 얼마나 아픈지 기대해 보겠다."

샤크는 혀를 찼다.

"너는 이 저주가 우습게 보이나 보군."

"크하하하! 당연히 우습게 보인다. 그따위 하찮은 저주로 나 매릭을 굴복시키겠다니 실로 가소롭구나."

"하긴 고작 세 대 맞았으니 그런 말을 할 수도 있겠군. 하지만 앞으로 몇 대 더 맞다 보면 생각이 달라질 것이다."

샤크는 주먹을 두둑 거리더니 험상궂게 웃었다. 매릭은 속으로 움찔했지만 어디 해볼 테면 해 보라는 듯 인상을 구기며 샤크를 쏘아봤다. 순간 샤크의 주먹이 바람처럼 매릭의 복부를 가격했다.

팍―!

샤크는 더 이상 매릭에게 사정을 두지 않기로 작정한 터였다. 어차피 오늘이 아니어도 언제고 매릭이 마왕 특유의 사악한 근성을 드러낼 것은 당연한 일. 따라서 오늘 제대로 날을 잡았다.

파파파팍……!

샤크의 구타는 정확하게 1백 대를 채우고야 멈췄다. 워낙 순식간이라 매릭은 두 눈을 부릅뜨고 있을 뿐 대체 무슨 일이 자신에게 벌어졌는지 알지 못하는 듯했다.

그러나 그는 이내 전신에 엄습하는 상상할 수 없는 고통에 입을 찢어져라 벌렸다.

'크으으! 크어어어어……!'

이게 대체 무슨 끔찍한 고통이란 말인가? 세상에 존재하는 모든 고통이란 고통은 다 그에게 엄습하는 듯했다. 웬만큼 셈을 할 줄 아는 이라면 1백 대의 구타가 누적 가중되었을 때의 고통이 어떤 것인지는 충분히 알 수 있으리라.

가히 무한대의 고통이라 할 수 있는 끔찍한 고통! 만일 보통의 인간이나 이종족들이 이와 같은 고통을 당했다면 그는 이미 진작 세상과 결별하고도 남을 것이다. 아니 인간보다 훨씬 강한 육체를 지닌 마물이나 마족들이라 해도 이와 같은 고통에서 살아남을 수는 없었다.

그러나 매릭은 그들과 비할 수 없이 강한 생존력을 지닌 마왕이었다. 무엇보다 샤크가 1백 대의 정권을 날리는 와중에도 매릭이 가진 힘의 근원을 파괴하지는 않았기에 매릭은 죽지 않을 수 있었다. 다만 그 대가로 그는 그 엄청난 고통을 그대로 받아야 했다.

'크ㅇㅇㅇㅇㅇㅇ……'

매릭은 아무런 생각도 나지 않았다. 그 순간 그는 자신이 누구인지도, 자신이 왜 맞고 있는지도, 자신을 때리고 있는 저 앞의 괴악한 작자가 누구인지도 생각나지 않을 정도였다. 그러다 희미하게나마 정신이 돌아왔을 찰나!

"아직 감이 오지 않느냐? 그렇다면 몇 대 더 맞아야겠지."

샤크가 다시금 주먹을 날렸다. 매릭은 재빨리 그만하라고 말을 하고 싶었지만 그의 입술이 열리는 속도보다 샤크의 주먹이 더 빨랐다.

팍— 파파파팍……!

이번에도 정확히 1백 대였다. 급기야 매릭의 입가에서 처참하기 그지없는 비명이 흘러나왔다.

"쿠아아아아아아악!"

대체 얼마나 고통스러우면 저렇게 처절하게 입을 벌리며 비명을 지르는 것일까? 그것도 자존심의 대명사라 할 수 있는 마왕이 말이다.

그러나 이 순간 매릭의 마음에 마왕으로서의 자존심 따위는 사라진 지 오래였다. 그는 비로소 자신이 얼마나 어리석은 짓을 저질렀는지 깨달을 수 있었다.

샤크는 절대 애송이 마왕이 아니었다. 그가 가진 가공할 실력만큼이나 소름 끼치는 존재였다. 그 어떤 허튼수작 따위는 통하지 않을 존재! 매릭으로서는 죽었다 깨도 대항할 수 없는 절대자인 것이다.

'사, 살려줘! 아, 아니 차라리 죽여라…….'

그는 혼신의 힘을 다해 이렇게 외치려 했다. 그리고 그 말은 그의 진심이었다. 정말로 이렇게 맞느니 차라리 죽여줬으면 하는 심정이었다. 그 누구보다 생존에 대한 열망이 강한 그가 스스로 죽고 싶은 생각까지 들 정도로 그 고통은 끔찍했다.

그런데 그가 입을 열 여유도 주지 않고 샤크는 다시 무뚝뚝한 음성을 흘리며 주먹을 휘둘렀다.

"아직도 매가 부족한가 보군. 그렇다면 어쩔 수 없지."

"크어어어! 자, 잠깐……!"

대체 언제 매가 부족하다고 했단 말인가? 대꾸할 기회도 주지 않고 다시금 주먹을 날릴 줄이야! 매릭은 살려달라고 애걸복걸하려 했지만, 그 또한 그의 혀끝에만 머물러야 했다.

퍼퍼퍽! 으직! 콱콱콱!

이번에는 주먹뿐 아니라 발까지 동원해 그야말로 무자비한 구타가 날아들었다.

"쿠아아아악! 크어억! 크아아아아악!"

처참한 비명성을 지르며 허물어지는 매릭의 머리채를 샤크가 손으로 움켜잡으며 무뚝뚝하게 물었다.

"어때? 계속 해 보겠느냐?"

"사, 살려…… 아니, 차라리 죽여…… 아니, 제가 잘못했습니다."

정신이 날아간 와중에도 매릭은 반사적으로 대답했다. 이 순간을 놓치면 또 어떤 끔찍한 일이 벌어질지 몰랐기 때문이었다. 그 순간 샤크의 두 눈에서 섬뜩한 빛이 번쩍였다.

"내가 비록 마왕으로 태어났지만, 나는 세상에서 마왕이란 놈들을 가장 혐오한다. 네놈을 잠시나마 살려 두는 이유는 나의 부하들 때문이지, 네놈에게 무슨 자비심이 있어서가 아니야."

매릭은 몸을 부르르 떨었다.

"이후로 당신의 말에 무조건 복종하겠습니다, 로드."

"앞으로 한 번만 더 나의 뜻에 위배되는 행동을 하면 최소한 천 대 이상 맞을 각오를 해라. 또한 혹시라도 나 몰래 도망치겠다는 생각은 하지 않는 게 좋을 것이다. 그 순간 나는 부하들을 포기하고서라도 네놈을 죽여 버릴 테니까."

 천 대라니! 오늘 삼백 대를 맞은 것만으로도 죽을 것 같은데 천 대라니! 아마 그것은 상상도 하기 싫은 끔찍한 고통일 것이다.

 그뿐이 아니다. 샤크는 여차하면 자신의 부하들마저 포기하고 매릭을 죽여 버리겠다는 말도 했다. 매릭이 볼 때 샤크는 충분히 그러고도 남을 자였다. 그는 이내 진저리를 치며 대답했다.

 "겨, 결단코 그러한 일은 벌어지지 않을 것입니다, 로드."

 확실히 매에는 장사가 없는 것인가? 마왕 매릭은 흡사 잘 길들여진 강아지처럼 충성스러운 태도를 보이고 있었다.

 환야의 세계에서 절대 길들여질 수 없는 존재라는 마왕! 그러나 모두가 불가능하다는 그 일을 가능하게 만든 존재가 있었으니, 그는 다름 아닌 샤크였다.

 '백룡구타술 앞에는 마왕도 별수 없군.'

 사실 때릴수록 고통이 무한대로 누적 가중되는 저주란 없었다. 그게 실제로 가능한지는 모르지만 아직 샤크는 그런 위력의 저주를 만들지는 못했다. 그저 무극지기를 통해 마왕인 매릭도 인간과 유사한 육체적 고통을 느끼게 했을 뿐이다.

다만 샤크는 매릭의 심리적인 불안감을 조장하기 위해 짐짓 그런 기괴한 저주를 만들었다고 말한 후 백룡구타술을 발휘해 적당히 손 봐 주었다.

따라서 조금 전에 매릭이 당한 정도의 구타는 사실 그리 대단한 것이 아니었다. 예전에 마족 루델이나 그 전에 마물 카치카들도 그 정도는 다 맞았던 터였으니까.

그러나 매릭은 샤크가 말한 저주의 효력을 자신도 모르게 믿어버린 터라, 그 스스로 상상도 할 수 없는 고통을 느끼고 말았다. 샤크의 구타로 인한 육신의 고통보다 심리적 두려움으로 인해 자초한 고통이 가히 백 배 이상이었다.

잠시 후 상공을 암흑으로 물들였던 거대한 결계는 사라졌다. 그때까지 상공에서 무슨 일이 있는지 알 수 없던 오크 라우벤과 라따 로니안은 훤칠한 체격의 청년 샤크가 자그만 소년 하나와 함께 지상으로 내려오는 모습을 볼 수 있었다.

물론 그 소년의 정체가 무엇인지는 그들은 너무도 잘 알았다. 겉으로는 귀엽고 천진난만한 소년의 형상을 하고 있지만, 그가 실상 사악함의 대명사인 마왕 매릭이라는 것을. 그런데 놀랍게도 그 마왕 매릭이 풀이 잔뜩 죽은 상태로 샤크의 눈치만 보고 있었다.

'저럴 수가! 마왕을 굴복시키다니! 로드의 능력은 대체 어디까지란 말인가?'

라우벤은 물론 자신의 로드인 샤크의 능력이 불가사의할 만큼 가공함을 알고 있었다. 따라서 그가 설령 마왕이라 해도 이길 수 있을 것이란 기대를 가지고 있었지만, 실제로 마왕을 가볍게 굴복시킨 것을 보자 실로 경이롭지 않을 수 없었다.

지난 이십여 년 동안의 수련을 통해 라우벤은 자신이 생각해도 웬만한 인간이 이를 수 있는 최강의 경지에 이르렀다고 생각했던 터였다. 심지어 그는 인간의 신체가 가진 한계마저 극복해 노인의 몸에서 청년의 몸으로 이른바 반노환동된 상태였으니까.

그러나 그러한 그의 경지는 마왕 매릭 앞에서는 아무것도 아니었다. 매릭은 라우벤이 무슨 수를 써도 대적할 수 없는 미증유의 힘을 가지고 있었다.

그런데 그런 무서운 마왕 매릭을 가볍게 제압해 굴복시킬 정도라면 대체 샤크의 능력은 어느 정도인 것일까? 분명 예전에는 이 정도까지는 아니었던 것 같았다. 그리고 보면 지난 이십 년 사이 샤크 역시 그때에 비할 수 없이 강해진 것이 틀림없었다.

'그보다 로드의 머리카락이?'

분명 아까까지만 해도 칠흑 같은 흑발이었는데, 지금은 신비한 은빛을 발하고 있었다. 뿐만 아니라 샤크의 어깨 뒤로 뭔가 투명한 은빛의 날개 흡사한 것이 환상처럼 보였으니!

"할아버지, 저기 샤크 님의 어깨에 은빛의 투명한 날개가 있는 게 분명하죠? 어떻게 된 걸까요?"

라따가 된 손녀 로니안도 샤크의 변한 모습을 발견했는지 탄성을 발했다. 라우벤은 고개를 흔들었다.

"글쎄다. 나도 대체 어찌 된 일인지."

"아무튼 정말 멋져요! 저 신비한 은빛의 머리카락도 그렇고."

샤크의 신비한 외모에 로니안은 쥐 형상의 몬스터인 라따가 된 자신의 처지도 잊은 듯했다. 그것은 오크로 변해 있는 라우벤 역시 마찬가지였다. 아니 그는 이제 자신의 로드인 샤크가 마왕을 굴복시켰으니, 마왕이 건 사악한 저주도 풀릴 것임을 의심하지 않았다.

그러나 불행히도 그들이 당한 저주는 이모털 무타티오였다. 그것이 환야의 세계에서 가장 강력한 저주 중 하나로 설령 마왕들이라 해도 풀어 줄 수 없다는 사실을 그들은 짐작도 못 했다.

Chapter 3

죽음보다 두려운 것은?

"로드!"

"샤크 님!"

샤크가 매릭과 함께 지상에 착지하자 투박한 인상의 오크 한 마리와 라따 한 마리가 반색하며 달려왔다. 물론 그들의 입에서는 각각의 몬스터에 해당하는 음성이 흘러나왔지만 샤크는 그들의 말을 충분히 알아들을 수 있었다.

"오랜만이구나, 라우벤. 그동안 별일은 없었느냐?"

그 말에 라우벤은 머쓱한 표정을 지으며 머리를 긁적였다.

"이 꼴이 된 것 말고 달리 별일이야 있겠습니까? 하지만 이제 로드께서 오셨으니 이것도 별일 아니겠지요."

라우벤은 샤크가 당연히 자신의 저주를 풀어 줄 것이라 확신하며 말했다. 그의 옆에 있던 로니안도 샤크를 향해 눈을 초롱 반짝이며 외쳤다.

"당신이 바로 말로만 듣던 그 샤크 님이신가요? 이런 꼴로 뵙게 되어 부끄럽군요."

그러자 샤크의 시선이 로니안을 향했다.

"너는 누구지? 비니안의 딸인가?"

순간 라우벤이 잽싸게 대답했다.

"제 손녀 로니안입니다. 말씀하신 대로 비니안의 딸이지요. 지금은 비록 사악한 마왕에게 저주를 당해 라따로 변했지만, 본래는 비니안을 쏙 닮아서 매우 아름다운 외모를 가지고 있습니다."

그 말에 샤크가 인상을 살짝 찌푸렸다.

"외모는 둘째치고 둘은 어째 성격도 비슷해 보이는군. 그렇지 않나?"

"그게 말입니다……."

샤크는 이미 로니안이 예전 비니안이 했던 것과 흡사한 사고를 쳤을 것이라 짐작한 터였다. 그것을 눈치챈 라우벤은 속으로 움찔하지 않을 수 없었다.

"로드! 모든 것이 저의 잘못입니다. 그 빌어먹을 흑마법서들을 모조리 치워 없애버려야 했는데, 그것만 아니었다면 이 녀석이 이런 엄청난 사고를 쳤을 리는 없었겠지요."

라우벤은 꾸벅 엎드리며 사정을 했다. 로니안도 옆에서 함께 엎드려 용서를 빌었다.

"할아버지는 아무 잘못도 없어요. 잘못은 제가 저질렀으니 벌을 받아야 한다면 달게 받겠어요."

샤크가 로니안을 쳐다봤다.

"정말로 어떤 벌이든 달게 받겠다는 거냐?"

"물론이에요."

로니안은 샤크의 차가운 눈빛을 보며 겁먹은 표정을 지었지만 이내 입술을 깨물고 대답했다. 그 순간 샤크의 눈에 이채가 일었다. 로니안이 어린 소녀답지 않게 상당히 당찬 구석은 있었기 때문이었다. 그때 라우벤이 샤크의 눈치를 보며 다급히 외쳤다.

"로드! 이 녀석은 아직 철이 없고 아무것도 모르는 아이니 부디 너그럽게 용서해 주십시오. 벌은 제가 달게 받겠습니다."

라우벤이 볼 때 샤크는 사악한 마왕을 소환하는 엄청난 사고를 친 로니안을 그대로 보고 넘어갈 자가 아니었다. 그는 분명 사람이 될 것 같지 않으면 싹수부터 잘라 버린다느니, 눈물이 쏙 나오게 매질을 하겠다느니 하며 로니안을 호되게 혼낼 가능성이 높았다.

물론 로니안은 큰 잘못을 했다. 특히나 마왕을 소환하는 짓은 단순한 잘못 정도가 아니라 클라우드 대륙에 대재앙을 가져올 만한 크나큰 죄악이라 할 수 있었다. 만일 이 일을 왕궁이나 황궁에서 알게 되면 로니안은 당장 잡혀가 참수나 화형을 당하고 말 터였다.

그러나 그거야 남들이 보는 관점이고, 라우벤에게 있어 로니안은 눈에 넣어도 아프지 않은 세상에서 가장 소중한 손녀가 아닌가. 유사시 자신의 목숨을 걸고서라도 지켜야 할 생명보다 소중한 존재인 것이다.

따라서 설령 먼터 왕국의 국왕이나 헬레이스 제국의 황제가 나타나 로니안을 징계하려 할지라도 라우벤은 그들을 막아설 것이다. 그리고 그는 능히 그들의 손에서 로니안을 지켜 줄 능력이 있었다. 하지만 그의 로드인 샤크가 로니안을 징계하고자 한다면 끝장이었다.

'쯧! 예전엔 딸바보이더니 이제는 손녀바보가 된 건가?'

샤크는 라우벤의 심정을 눈치채고는 속으로 혀를 찼다. 물론 그는 그렇지 않아도 본래 매릭과 같이 사악한 마왕을 철모르게 소환한 로니안을 따끔하게 혼내 줄 생각이었다.

그러나 매릭의 저주로 인해 어쩌면 평생을 라따로 살아야 하는 신세가 된 로니안은 그녀 스스로 죄과를 받은 것이나 다름없었다. 굳이 샤크가 따로 혼내지 않아도 앞으로 그녀는 수없이 많은 날을 눈물로 지새워야 할 것이다.

"그보다 지금 너와 로니안이 처한 상황을 설명해 주도록 하지. 잘 들어라. 너희들은 저 사악한 마왕 매릭으로부터 이모털 무타티오라는 가공할 저주를 받았다. 안타깝게도 그 저주는 저놈은 물론이고 나의 힘으로도 풀어줄 수가 없다. 다시 말해 아주 특별한 행운이 작용하지 않는다면 너희들은 앞으로 영원히 그 꼴로 살아야 된다는 뜻이다."

"……!"

순간 라우벤과 로니안의 안색이 굳어졌다. 특히 라우벤의 충격은 이루 말할 수가 없었다. 그는 자신의 로드인 샤크가 결코 빈말이나 농담을 하지 않는다는 것을 잘 알고 있었다.

그런 샤크가 자신의 힘으로 이 저주를 풀어 줄 수 없다고 한다. 라우벤으로서는 절망의 늪에 풍덩 빠져 버린 듯 암담한 기분을 느끼지 않을 수 없었다.

'나는 그냥 이렇게 산다 쳐도, 저 어린 것마저 저 꼴로

죽음보다 두려운 것은? 61

살아야 한다니, 이를 어쩌면 좋다는 말인가?'

라우벤은 참담한 마음을 금할 수 없었다. 로니안 역시 짐짓 입술을 깨문 채로 버티고 있었지만, 막상 샤크의 입에서 영원히 라따로 살아야 한다는 말을 듣게 되자 그 충격이 적지 않은 지 눈가에 눈물이 그렁그렁 맺히기 시작했다.

이제 그녀는 아름다운 인간 소녀에서 흉측한 쥐 얼굴의 몬스터로 살아야 한다. 그것도 영원히!

사실 그녀 역시 또래의 소녀처럼 언젠가 멋진 왕자님을 만나 달콤한 사랑을 해 보겠다는 꿈도 없지는 않았다. 하지만 그러한 꿈은 이제 물거품처럼 사라져 버렸다. 세상에 어떤 골빈 왕자가 라따가 된 소녀를 사랑해 주겠는가.

그 생각을 하니 정말로 절망적이었다. 지금 이 시간이 현실이 아닌 꿈이라면 좋으련만 엄연한 현실이었다. 급기야 로니안은 두 손으로 얼굴을 가린 채 훌쩍이기 시작했다.

"흑! 흐윽! 난 몰라! 이 꼴로 어떻게 살아……."

라우벤은 그런 로니안을 보듬어 안아 주며 말했다.

"울지마라, 로니안. 내가 어떻게 하든 너의 저주를 풀어 주마."

로니안은 힘없이 고개를 흔들었다.

"하지만 이 저주는 절대 풀 수 없다고 하잖아요."

그러자 라우벤이 눈에 힘을 주며 외쳤다.

"그렇지 않아. 세상에 불가능이란 없다. 그렇지 않습니까, 로드?"

샤크를 바라보는 라우벤의 눈빛에는 일말의 기대가 어려 있었다. 그는 사실 로니안이 희망을 잃지 않도록 샤크가 살짝이라도 고개를 끄덕여 주었으면 하는 심정이었다. 비록 평생을 라따로 살망정 인간으로 돌아갈 희망마저 버려야 하는 건 너무 가혹하기 때문이었다.

그러나 샤크는 무심한 표정으로 고개를 흔들었다.

"네 말대로 불가능이란 없는지도 모르지. 하나 단언컨대 이곳 클라우드 대륙이라는 세상에서라면 너희들이 저주를 풀고 본래의 모습으로 돌아가기란 완전히 불가능한 일이다."

샤크의 말은 어찌 보면 라우벤의 기대를 일말에 무너뜨려 버릴 만큼 잔인하기도 했지만, 그는 그로 인해 라우벤과 로니안이 절망한다 해도 쓸데없는 희망을 줄 생각은 없었다. 사실이 아닌 것을 사실이라 말해서 헛된 희망을 주는 것이야말로 더욱 못 할 짓이기 때문이었다.

그런데 그때까지 훌쩍이던 로니안이 문득 뭔가 짚이는 것이 있는지 샤크를 쳐다보며 물었다.

죽음보다 두려운 것은? 63

"그럼 혹시 이곳 클라우드 대륙이 아닌 다른 곳에서는 가능할 수도 있다는 뜻인가요?"

샤크는 로니안의 두 눈에 뭔가 희망이 어려 있는 것을 발견하고는 픽 웃었다. 로니안은 생각보다 제법 눈치가 빠른 아이였다.

"너는 클라우드 대륙이 아닌 다른 세계도 존재한다 생각하느냐?"

"언젠가 책에서 읽은 적 있어요. 우리가 살고 있는 이곳 대륙은 저 밤하늘에 존재하는 수많은 별들 중 하나에 불과하다고요. 세상엔 저 무수히 빛나는 별들처럼 많은 새로운 대륙들이 존재하다고요."

"그 말은 사실이다. 그래서 그 넓은 세상을 환야라 부르지."

"환야? 그게 뭐죠?"

로니안의 두 눈이 휘둥그레 커졌다. 샤크의 말이 이어졌다.

"환야는 그 누구도 가늠할 수 없이 방대한 곳이다. 환야의 광대한 벌판 곳곳에 클라우드 대륙과 같은 소세계들이 무수히 숨겨져 있다고 하지. 따라서 그 방대한 환야의 세계를 누비다 보면 그중 어딘가에서 너의 저주를 풀어 줄 만한 존재를 만날 수 있을지도 모른다."

그 말에 로니안과 라우벤의 안색이 환해졌다.

"그게 정말인가요?"

"오! 그게 정말입니까, 로드?"

샤크는 고개를 끄덕였다.

"다만 그것은 아까 말한 대로 아주 특별한 행운이 따라 주어야 하겠지. 어쩌면 그런 행운을 얻기 전에 너희들의 수명이 다해 버릴 수도 있다."

그러자 라우벤이 비장한 눈빛을 보내며 대답했다.

"수명을 다해 죽는다 해도 희망이 없는 것보다는 있는 것이 좋지 않겠습니까? 부탁이니 저희를 환야로 데리고 나가주십시오, 로드."

"그렇지 않아도 그걸 물어보려고 했다, 라우벤. 사실 환야는 무척 위험한 곳이다. 저 매릭과 같은 마왕들이 득실거리고 있는 곳이란 말이야. 유사시 어떤 위험한 일이 벌어질지 모르고, 또한 내가 너희들을 안전하게 지켜 준다는 보장도 없지. 그래도 환야로 나가고 싶으냐?"

"물론입니다, 로드."

라우벤은 주저 없이 고개를 끄덕였다. 그러자 샤크는 로니안을 향해 시선을 돌렸다.

"로니안, 네가 비록 라따의 모습이라지만 나는 클라우드 대륙에서 그 누구도 널 괴롭히거나 핍박하지 못하게 지켜줄 수 있다. 네가 원한다면 너는 이곳에서 매우 안전하게 살 수 있지. 그런데도 굳이 위험한 환야로 나가고 싶은 것이냐?"

"물론이에요."

"자칫 죽을 수도 있는데 겁이 나지 않느냐?"

"물론 겁은 나지만 전 죽는 것보다 희망이 없다는 것이 더 두려운 걸요."

저주에 걸린 채로 영원히 사느니, 죽음을 무릅쓰고라도 저주를 풀기 위한 모험을 떠나겠다는 것이었다. 그러한 로니안을 향해 조부 라우벤이 흡족하다는 듯 크게 웃으며 말했다.

"하하하! 로니안! 역시 내 손녀구나. 바로 그것이다. 희망없이 사느니, 희망을 위해서라면 죽음도 무릅쓸 용기가 있어야지."

그때 옆에서 그들의 말을 듣고 있던 소년 매릭이 혀를 차며 나직이 중얼거렸다.

"큭! 공연히 희망 찾다가 골로 간다는 걸 왜 모를까? 환야에서 진짜로 험한 꼴을 보게 되면 그 말이 쏙 들어갈걸.

죽는 것보다 희망이 없는 게 더 겁나긴. 그건 정말 개뿔 같은 소리야! 푸흐흐흐……."

매릭이 중얼거리는 소리는 나직했지만 라우벤 등의 귀에 선명히 들렸다. 순간 라우벤과 로니안은 매릭을 원망스러운 눈초리로 노려봤다.

"입 닥쳐라! 네놈이 건 빌어먹을 저주로 인해 우리가 이 꼴이 되었는데 무슨 할 말이 있느냐?"

그러자 매릭은 마왕답지 않게 짐짓 귀여운 소년의 표정을 지으며 웃었다.

"헤헷! 그 꼴이 불만이면 다른 꼴로 변하면 되잖아. 오크나 라따 말고도 종족은 많다고. 혹시 알아? 운이 좋으면 다크 엘프처럼 그럭저럭 봐줄 만한 종족으로 변할지."

"다크 엘프? 정말로 그게 가능하느냐?"

엘프라는 말에 라우벤과 로니안은 솔깃한 듯했다. 물론 보통의 엘프가 아니라 어둠 속의 사악한 몬스터나 다름없다는 다크 엘프지만, 그래도 그 미모에 있어서는 웬만한 엘프를 능가하는 뇌쇄적인 매력이 있다는 전설이 있었던 것이다. 매릭은 즉각 고개를 끄덕였다.

"물론 당연히 가능하지. 단, 한 번에 된다는 보장은 없어. 어쩌면 수천 번 아니, 그 이상도 각오해야 할 거야."

"무엇이! 수천 번이라고?"

"그건 너무 하잖아!"

라우벤과 로니안은 매릭이 말하는 그 수 천 번이 무엇을 의미하는지 잘 알고 있었다. 매릭은 죽으면 다른 종족으로 환생하는 이모털 무타티오 특유의 저주를 활용하라는 것이었다. 다시 말해 라우벤과 로니안은 다크 엘프로 환생할 때까지 몇 번인지 알 수 없는 죽음을 맞이해야 하는 것이다.

"죽는 것보다 희망이 없는 것이 더 겁난다고 말한 게 누구더라? 킥! 알고 보니 그냥 해본 말이었나 보지? 다크 엘프로 변할 희망이 있다면 그깟 수천 번의 죽음 따위야 얼마든지 감수할 수 있어야 하지 않겠어? 안 그래?"

매릭은 비아냥거리며 말했다. 라우벤과 로니안은 울컥하며 그를 노려봤다.

"으득! 닥쳐라! 네 말대로 설령 수천 번을 죽는다 해도 다크 엘프가 된다는 확실한 보장도 없지 않으냐?"

"아, 물론 그런 보장은 당연히 없어. 오히려 이상한 곤충 같은 마물로 변할 가능성이 더욱 농후하지. 사실 말이 나와서 말인데, 너희들이 오크나 라따로 변한 것만 해도 운이 꽤 좋은 편에 속한 거라고! 나라면 그냥 만족하고 살 텐데, 그깟 외모가 뭐라고 말이야. 아무튼 그걸 감수하고서라도 꼭 다크 엘프가 되겠다면 언제든 말해. 고통 없이 계속 죽여 줄 테니. 큭큭! 그거 정말 재미있겠는걸."

매릭은 심술궂은 표정으로 말했다. 물론 그는 말을 하는 와중에도 힐끗 샤크의 눈치를 보는 것을 잊지 않았다. 마왕인 그가 말 한마디 하는 것도 이렇게 남의 눈치를 보는 것은 실로 말도 안 되는 일이었지만, 그는 샤크 앞에서는 지극히 작아져야 했다.

'설마 저 하찮은 인간들을 좀 놀려 주는 것 가지고 뭐라고 하지는 않겠지.'

그는 자신이 샤크를 향해서는 그 어떤 불경한 말도 해서는 안 되는 것을 잘 알고 있었다. 자신이 비록 마왕이지만 샤크 앞에서는 그저 종에 불과할 뿐이니까.

그러나 매릭의 그러한 태도는 오직 그의 로드인 샤크에게만 해당된다. 샤크의 다른 부하들인 인간들 따위는 당연히 매릭의 심심풀이 장난감이자 권속 정도에 불과했던 것이다. 물론 그것은 오직 매릭의 생각일 뿐이었다.

그때까지 마치 무심한 듯 묵묵히 매릭의 말을 듣고 있던 샤크가 문득 인상을 살짝 찌푸리더니 입을 열었다.

"그리고 보니 서열 관계를 확실히 해 둬야겠군. 앞으로 매릭 너는 저 둘의 아래다. 저들에게 불경할 경우 그것은 내게 불경한 것으로 간주할 것이다."

쿠웅!

그것은 그야말로 뒤통수를 해머로 후려치는 듯한 가공할 발언이었다. 매릭은 일순 잘못 들었나 싶어 멍한 표정을 지었지만 샤크의 엄중한 표정에 이내 사색이 되고 말았다.

'내…… 내가…… 마왕인 내가…… 하찮은 인간들의 밑이라고! 크으! 이건 말도 안 된다…….'

마왕의 체면이 있지 이게 어찌 말이 되는 소리인가? 매릭은 충혈된 눈을 부릅뜨고 샤크를 쳐다봤다.

"그, 그러니까 설마 제가 저 천한 인간 녀석들의 아랫것이 된다는 말입니까?"

순간 샤크의 눈빛이 삭막하게 번뜩였다.

"지금 뭐라 했지? 감히 너의 상전들을 두고 천한 인간 녀석들이라 했느냐? 내가 분명 저들에게 불경할 경우 그것은 곧 내게 불경한 것이라 말했는데 벌써부터 몸이 꽤 근질근질한가 보군."

"크헉! 아, 아닙니다. 로드의 명에 따르겠습니다."

매릭은 움찔하며 잽싸게 외쳤다. 샤크의 말에 그 어떤 토도 달아서는 안 된다는 것을 그 누구보다 잘 아는 그였다. 특히 그는 두 번 다시 참혹한 그 고통을 당하고 싶지 않았다.

 그러나 샤크의 입가에는 이미 섬뜩하도록 차가운 미소가 맺혀 있었다. 그는 매릭을 힐끗 노려보다 이내 무슨 좋은 생각이 떠올랐는지 아공간을 열었다.

 추아아아!

 찬란한 광휘가 일어남과 동시에 샤크의 전방 공간이 일그러지며 갈라졌다. 그것은 무극지기로 형성한 샤크의 아공간으로, 그 안에는 예전 리자드맨들을 해치우고 획득한 각종 전리품들을 비롯해 지난 20여 년 동안 샤크가 틈틈이 만들어 둔 온갖 마법 아티팩트들이 들어 있었다.

 스윽.

 샤크는 그중에서 자줏빛으로 반짝이는 팔찌 두 개를 꺼내 들었다.

 "그래. 이거면 적당하겠군."

 그 말과 함께 샤크는 그것들에 체내의 무극지기를 약간씩 주입했다. 그러고는 그것들을 라우벤과 로니안에게 하나씩 나누어 주었다.

 "받아라."

 "이게 뭡니까, 로드?"

 라우벤은 팔찌를 받아 들고 고개를 갸웃했다. 그러자 샤크는 담담히 미소를 지으며 말했다.

"그 팔찌를 착용한 순간부터 너희들은 따로 언어를 배우지 않아도 처음 보는 어떤 종족들과도 의사소통을 할 수 있게 될 거야."

"오! 정말입니까?"

"그 정도로 놀랄 것은 없어. 진짜 놀랄 만한 능력은 따로 있으니까."

"그게 뭔데요?"

"그건 곧 알게 될 것이다. 이제 나는 그 팔찌들이 너희에게 영구히 귀속되도록 하려 한다. 눈을 감고 너희의 의지로 그것을 받아들여라."

"예, 로드."

"알겠어요, 로드."

라우벤과 로니안은 팔찌의 또 다른 능력이 궁금했지만 두말없이 샤크의 말에 따랐다. 그들은 이내 눈을 감고 각각의 의지로 팔찌를 기꺼이 받아들이겠다는 생각을 했다. 조금 전 들은 통역의 능력만으로도 이 팔찌가 굉장한 보물일 것은 분명했으니까.

츠츠츠츳!

순간 팔찌에서 피어난 자줏빛의 오러가 라우벤과 로니안

의 몸을 각각 뒤덮었다. 곧바로 오러는 사라졌고 두 개의 팔찌는 라우벤과 로니안의 오른쪽 손목에 부드럽게 감겨 있었다. 놀랍게도 그것들은 오크 라우벤의 두꺼운 손목에도, 라따 로니안의 가느다란 손목에도 마치 미리 맞춰둔 것처럼 딱 맞았다.

"허어! 이건 쇠로 된 팔찌 같은데 꼭 부드러운 천을 두른 것 같은 기분이군요."

"팔찌에서 무게가 거의 느껴지지 않아요. 근데 이 팔찌는 왜 주신 거죠?"

라우벤과 로니안은 신기하다는 듯 자신들의 팔찌를 살펴봤다. 그러자 샤크가 곧바로 팔찌의 또 다른 기능을 설명해주었다.

"그것들은 이제 너희들의 의지에 각인이 되어 사실상 영구 귀속되었다. 따라서 누군가 너희를 죽일 수는 있어도 너희의 몸에서 그 팔찌들을 강제로 떼어놓을 수는 없을 것이다."

샤크의 말은 이어졌다.

"그리고 그 팔찌들은 너희들의 의지에 따라 채찍으로 변하게 될 것이다."

"채찍이라고요?"

팔찌가 곧 채찍이라니. 그런데 라우벤과 로니안이 의문을 표하는 순간 그들의 팔찌가 자줏빛의 채찍으로 변해 오른손에 쥐어져 있었다.

"그 채찍은 너희의 의지에 따라 애초에 지정된 단 하나의 대상만을 스스로 타격하는 능력이 있다."

애초에 지정된 단 하나의 대상만을 타격한다니! 그러면 다른 대상을 공격하지는 못한다는 말인가? 그야말로 아주 특이한 용도의 채찍이었다. 로니안은 왠지 실망스러웠지만 그러다 문득 한 가지 짚이는 것이 있어 조심스레 물었다. 그 순간 그녀의 안색은 잔뜩 상기되어 있었다.

"로드! 애초에 지정된 그 하나의 대상이 누구죠? 설마?"

"그래. 네가 짐작하듯 바로 저 녀석이지."

샤크는 당연하다는 듯 매릭을 가리켰다. 천진난만한 소년의 형상으로 변해 있는 매릭! 그의 저 착해 보이는 외모 뒤로 얼마나 거대한 사악함과 음흉함이 숨어 있는지 알만한 이는 다 안다. 왜냐면 그는 마왕이니까.

그런데 바로 그 매릭만을 대상으로 하는 마법 무기가 존재했으니! 바로 그것이 라우벤과 로니안이 받은 팔찌였다. 그들의 의지에 각인되어 그들 외에는 사용할 수 없는 특별한 무기! 무극지기가 깃들어진 터라 매릭이 맞을 경우 샤크에게 직접 맞는 것과 다름없는 고통을 느끼게 되어 있었다.

"그래요? 그렇다면?"

로니안은 힐끗 매릭을 노려보더니 대뜸 채찍을 휘둘러 보았다.

휘익!

순간 자줏빛 채찍이 쭉 늘어나며 매릭을 향해 날아갔다. 이에 놀란 매릭이 잽싸게 피하려 했으나 놀랍게도 그 채찍은 기이한 결계를 형성해 매릭을 이미 포위한 터였다.

찰싹!

그러다 채찍은 매릭의 등짝을 정확히 강타했다.

"아아악!"

매릭은 처참한 비명을 지르며 앞으로 나동그라졌다. 그는 엎어진 상태에서도 한낱 인간 따위가 휘두른 채찍에 자신이 맞았다는 사실이 믿기지 않았다. 그러나 더욱 믿기 힘든 사실은 그 채찍을 맞는 순간 너무도 고통스러웠다는 것! 정말로 두 번 다시 맞기 싫을 정도로 치가 떨려 왔다.

"으아악! 로드, 해도 너무 하십니다. 어찌 저런 빌어먹을 무기를 하찮은 인간들 따위에게!"

그러자 로니안이 발끈하며 다시 채찍을 휘둘렀다.

"흥! 하찮은 인간들 따위라니. 감히 아랫것 주제에! 에

잇!"

찰싹!

"아아아악!"

매릭이 채찍을 맞고 나뒹굴었다. 그때 라우벤은 그 장면을 흥미롭게 지켜보더니 돌연 채찍을 다시 팔찌로 돌리고는 주위를 살펴 큼직한 몽둥이 하나를 집어 들었다.

"크흐흐! 로드, 저도 저 망할 마왕 놈에게 잠시 분풀이를 좀 해야겠습니다. 그래도 되겠습니까?"

"얼마든지."

샤크는 흔쾌히 고개를 끄덕였다. 그러나 라우벤이 몽둥이를 휘두르려는 것을 보고는 고개를 살짝 흔들었다.

"아마 그걸로는 힘들 것이다. 내가 준 채찍을 사용하는 게 좋을 텐데."

"흐흐, 채찍은 왠지 후려 패는 맛이 안 나서 말입니다."

라우벤은 금속이 아닌 나무 막대에도 오러를 깃들일 수 있는 경지에 이르러 있었다. 그것은 오크가 된 지금의 상태에서도 마찬가지였다. 따라서 몽둥이의 위력이 웬만한 오러 블레이드를 능가할 것이기에, 그는 자신의 몽둥이질이 매릭에게 큰 고통을 줄 것이라 확신했다.

횡횡! 파파파팟—

그런데 라우벤이 아무리 혼신의 힘을 다해 몽둥이를 휘둘러도 그것은 매릭의 몸을 스치듯 통과해 버릴 뿐, 아무런 타격도 줄 수 없었다. 그 순간 매릭의 입가에 가소롭다는 듯한 조소가 이는 것을 본 라우벤은 비로소 자신이 무슨 수를 써도 본신의 힘으로는 매릭에게 그 어떤 고통도 줄 수 없음을 깨달았다.

그렇다. 매릭이 로니안이 휘두르는 채찍에 무력하게 당하는 모습을 보고 잠시 그가 마왕이란 사실을 잊었던 라우벤이었다.

"크하핫! 그렇군요, 로드! 제가 잠시 저놈이 누구인지 착각했습니다. 로드께서 주신 무기를 사용해야겠군요."

라우벤은 이내 험상궂은 눈빛을 번뜩이며 채찍을 휘둘렀다.

찰싹!

"아아아악!"

매릭은 피하지 않고 맞았다. 아니 피하지 않은 것이 아니라 피할 수 없는 무기였다. 채찍으로 때리면 곧 맞아야 하는 것이 그의 신세였으니까. 라우벤의 입가에 득의만만한 미소가 맺혔다.

"로드, 이건 정말 제게 있어 최고의 선물입니다. 정말로 감사합니다."

자신과 손녀를 몬스터로 만들어 버린 매릭이다. 그런 그가 마왕이다 보니 어쩔 수 없이 속으로 분을 삭이고 있었는데, 그를 마음껏 때릴 수 있는 절대 무기를 얻은 이상 주저할 이유가 있겠는가.

찰싹! 찰싹……!

라우벤과 로니안은 한동안 사정없이 매릭을 향해 채찍을 휘둘렀다. 그러자 매릭은 비명을 지르다 못해 급기야 눈물을 펑펑 쏟으며 먼저 로니안에게 매달렸다. 물론 동정을 얻으려는 수작이었다.

"으아앙! 누나, 그만 좀 때려! 내가 잘못했다니까."

"흥! 누나? 누가 네 누나야? 난 너 같은 동생 둔 적 없거든."

어린 소년의 모습을 한 매릭이 매달리며 사정하는 모습은 무척이나 애처로워 보였지만 그의 정체를 훤히 알고 있는 로니안에게는 통하지 않을 뻔한 수작이었다. 그러자 매릭이 이번에는 라우벤을 향해 온갖 가여워 보이는 표정을 지으며 매달렸다.

"흐흑! 으아앙! 잘못했어요, 라우벤 할아버지! 다음부터 안 그럴 테니 한 번만 봐줘요. 앞으로 말 잘 들을게요!"

그러나 그 말은 라우벤을 더욱 분노케 했으니!

"닥쳐라! 누가 네 할아버지란 말이냐? 에잇! 뒈져랏!"

찰싹! 찰싹!

"아아악! 크아아악!"

이른바 마왕 길들이기라 할 수 있는 분노의 채찍질은 한참 동안 계속되었다. 그러다 어느덧 끝이 났으니, 그것은 그들의 분이 풀렸다기보다는 로니안이 더 이상 채찍질을 할 수 없을 만큼 지쳐 쓰러졌기 때문이었다.

"크득! 오늘은 여기까지 하겠다만, 앞으로 또 한 번 건방을 떨면 이 정도로 넘어가지 않을 것이다."

라우벤은 바닥에 참혹한 몰골을 한 채 널브러져 있는 매릭을 노려보고는 한쪽에 쓰러진 손녀 로니안을 안아 들었다.

꿈틀!

그러자 마치 쥐 죽은 듯 엎어져 있던 매릭이 힐끗 고개를 들어 라우벤의 눈치를 봤다. 그의 몰골은 처참하기 이를 데 없었지만 물론 멀쩡했다. 그가 달리 마왕이겠는가. 맞을 때만 고통스러울 뿐, 그때가 지나면 아무렇지도 않은 것이 당연했다.

그러나 아무리 그렇다 한들 또 맞고 싶은 생각은 없었다.

매릭은 앞으로 어쩔 수 없이 두 인간 상전들의 눈치를 보며 그들에게 꼬리를 내려야 할 것이다.

'크으! 젠장! 내가 인간들을 상전으로 두다니, 내 처지가 어쩌다 이리된 건지.'

매릭은 한숨을 푹 내쉬었다. 하지만 별수 있겠는가. 이제 그는 마왕의 자존심이고 뭐고, 그저 매일 오늘도 무사히를 바라며 살아가는 게 현명한 처사일 것이다. 그렇지 않으면 그가 하찮게 생각했던 인간 상전들에게 죽도록 맞을 테니까.

로니안이 혼절했다가 다시 깨어난 것은 이튿날 아침이었다. 그 사이 라우벤은 먼 여행을 떠날 준비를 했다. 평생을 살아온 클라우드 대륙을 벗어나 광대한 차원의 세계인 환야라는 곳으로!

'내가 살아서 다시 돌아올 수 있을지는 모르겠군.'

어차피 그는 클라우드 대륙에 별다른 미련이 없었다. 간혹 자신의 딸인 비니안과 손주들이 보고 싶겠지만, 그렇다고 그들로 인해 클라우드 대륙을 떠나는 것을 주저할 그는 아니었다.

특히 이모털 무타티오의 저주가 걸린 상태로 클라우드

대륙에 남아 있어봤자 좋을 것은 없었다. 자신의 부친이 오크로 변해 있는 것을 비니안이 알게 되면 얼마나 슬퍼하겠는가.

또한 로니안도 마찬가지다. 아무리 문제아이자 골칫덩이로 진작 포기했던 딸이지만, 그렇다 해도 로니안이 라따라는 쥐 얼굴의 흉측한 몬스터로 변한 것을 비니안이 알게 되면 기절을 하고 말 것이다.

따라서 라우벤은 이번 여행에 대해 비니안에게 별다른 통지를 할 생각이 없었다. 그저 로니안과 먼 여행을 떠날 것이니 걱정하지 말라는 간략한 내용의 쪽지만 집 안에 남겨 둘 생각이었다.

그러다 그는 문득 거울에 비친 자신의 모습을 보고 쓸쓸하게 웃었다.

"큭! 이게 나인가?"

세안을 하기 위해 욕실로 들어와 거울을 본 순간 투박한 괴물 형상의 얼굴이 거울에 비쳐 있었다. 그렇다. 그는 인간이 아닌 오크였다.

그가 아무리 인간이라 외친다 한들 그의 겉모습은 오크이니 그 누가 그 말을 믿어 주겠는가. 비니안도 이 모습을 보면 기절초풍할 것이다.

"빌어먹을! 정말 더럽게 못생겼구만."

하긴 몬스터가 달리 몬스터이겠는가. 보기 좋은 모습이라면 몬스터라 불리지도 않을 것이다.

'으득! 망할 마왕 놈 같으니! 볼수록 화가 나는군.'

그는 역시나 비니안을 보고 가지 않기로 결심한 것이 잘한 것이란 생각이 들었다. 자신이 봐도 정떨어지게 생겼는데 딸이 보면 오죽하겠는가 말이다.

대충 세안을 마치고 밖으로 나오자 라따 소녀 로니안이 커다란 배낭을 등에 멘 채 기다리고 있었다.

"할아버지!"

"벌써 짐을 다 꾸렸느냐?"

"그냥 필요한 것들로만 간단히요. 여행의 짐은 간단할수록 좋잖아요."

로니안은 그녀의 말처럼 간단해 보이지는 않는 큼직한 배낭을 들고서는 배시시 웃었다. 인간이 아닌 쥐 형상의 얼굴 라따가 웃는 모습이었지만, 그래도 라우벤의 눈에는 손녀가 예쁘게만 보였다.

"고생했다. 이리 주거라."

라우벤은 미리 챙겨 둔 자신의 배낭뿐 아니라 로니안의 배낭도 들어 맸다.

"달리 준비할 것이 없으면 그만 떠나도록 하자. 로드께서 기다리실 테니."

"네, 할아버지."

"근데 넌 클라우드 대륙을 떠나 낯선 곳으로 가는 것이 겁나지 않느냐?"

"호호, 겁은요. 새로운 세계를 여행한다 생각하니 오히려 기대가 되는 걸요. 솔직히 클라우드 대륙에는 뭔가 재밌을 만한 것이 없었죠. 무료하기만 할 뿐."

"무료해? 그래도 네가 못 가 본 곳이 대부분일 텐데."

"책에서 읽은 대로라면 어딜 가도 재미가 없었을 거예요."

말썽장이며 문제아라 불렸던 로니안이었지만, 실상 그녀의 두뇌는 매우 뛰어날 뿐 아니라 이미 어린 나이에 아주 많은 책을 읽어 꽤나 박학다식함을 라우벤은 잘 알고 있었다.

그런데 그토록 뛰어난 두뇌를 지닌 로니안이 왜 문제아가 되었던 것일까? 그것은 그녀가 너무 일찍 세상에 대해 깨달은 터라 속된 말로 발랑 까져버렸던 까닭이었다. 너무 머리가 좋은 것도 문제였다.

그녀는 웬만한 어른들보다 세상에 대해 잘 알았다. 물론 그 세상은 클라우드 대륙이라는 세계에 국한되어 있었지만, 박식한 그녀에게는 세상이 무척이나 무료하고 재미없는 곳이었다.

당연히 또래 아이들과 어울리는 것도 재미없었다. 사실상 애늙은이나 마찬가지인 그녀가 어찌 유치하게 어린아이들과 어울려 놀 수 있겠는가.

자연스레 그녀는 삐뚤어졌다. 그녀의 성격은 머턴 왕국 3대 공작가 중 하나인 오마다 공작가문의 영애로서, 마땅한 교양 있고 품위 있는 삶과는 괴리가 있을 수밖에 없었다.

이를테면 가난한 사람들을 돕는다는 이유로 집안의 값나가는 물건을 마음대로 팔아먹었던 것부터 시작해서, 인간은 평등해야 한다는 이유로 가문의 노예 문서들을 모조리 소각해 버리는 짓도 서슴지 않았다.

그러한 일들이 반복되자 복장이 터지다 못해 줄줄이 새버린 비니안은 결국 그녀의 부친 즉, 라우벤에게 로니안을 맡겨버리기로 결정했던 것이다. 자신이 낳은 딸이지만 도저히 감당할 수 없는 아이라는 이유였다.

그런데 놀랍게도 그토록 문제아였던 로니안이 외할아버지 라우벤과 함께 있을 때는 얌전한 고양이처럼 변했다. 그 이유는 무엇이었을까? 그것은 라우벤이 로니안의 말이라면 뭐든 들어 주는 손녀 바보 할아버지인 이유도 있지만, 그보다는 라우벤 자체가 워낙 독특한 기질의 소유자였기 때문이었다.

라우벤은 독불이라 불릴 만큼 성격이 괴팍했다. 그는 먼터 왕국의 국왕은 물론이요, 심지어 헬레이스 제국의 황제가 나타난다 해도 눈 하나 깜빡하지 않을 자였다.

다시 말해 그는 왕국이나 제국과 같은 클라우드 대륙의 사람들이 만든 법칙이나 규칙의 테두리 밖에 있는 사람이었다. 당연히 고리타분한 사고방식 따위는 없었다.

그는 자신이 추구하고자 하는 것에 충실했고 물론 그것이 대부분 검술에 관한 것이었지만, 그밖에 일상생활에서도 그 어떤 가식 같은 모습을 보이지 않았다. 바로 그러한 면이 로니안의 마음을 무척 편하게 해 주었던 것이다.

아무튼 그런 성격의 로니안이다 보니 클라우드 대륙을 떠나 새로운 세계로 향한다는 것이 무척이나 설레는 일일 수밖에.

확실히 로니안의 안색은 어제보다 밝았다. 심지어 그녀는 자신이 라따가 되어 있다는 처지도 잊고 새로운 세계에 대한 모험에 호기심을 불태우는 듯했다. 그 모습을 본 라우벤은 속으로 어이가 없었다.

'저 녀석은 대체 누굴 닮아서 저리 당찬 건가?'

본래 로니안의 또래라면 새로운 세계에 대한 호기심보다는 익숙한 곳을 떠나야 하는 데서 오는 두려움이 더 큰 법이었다. 아니, 그것은 로니안 또래의 아이들뿐만 아니라 대부분의 인간들이 지니고 있는 본성이기도 했다.

그러나 예외적으로 아주 강한 모험심을 지닌 이들은 존재한다. 로니안이 바로 그 대표적인 예였다. 물론 라우벤 역시 소년 시절을 떠올려보면 지금의 로니안 못지않았다.

'로니안이 누굴 닮았나 했더니 바로 날 닮았던 게로군.'

사실 로니안 뿐 아니라 그녀의 엄마인 비니안도 라우벤의 성격을 똑 닮았다. 비니안이 지금은 비록 조숙하고 품위 있어 보이는 공작부인으로 내숭을 제대로 떨고 있지만, 어렸을 때는 한 성질, 한 호기심 하던 문제 소녀가 아니었던가. 아무튼 그 아버지에 그 딸이고, 그 할아버지에 그 손녀임은 틀림없으리라.

잠시 후 라우벤과 로니안이 집을 나서자 매릭이 그들을 기다리고 있었다. 여전히 귀여운 소년의 모습을 하고 있는 매릭은 그들을 보자 천연덕스레 웃으며 손을 흔들었다.

"밤사이 잘 잤나요? 드디어 여행의 시작이군요."

라우벤은 인상을 쓰며 그를 잡아먹을 듯 노려봤다.

"잡소리 집어치워라. 우리가 잠을 잘 잤건 못 잤건 그게 네놈하고 무슨 상관이냐?"

"헷! 우린 앞으로 오랫동안 함께 할 동료인데 너무 그러지 말자고요."

"닥쳐라! 동료? 아랫것 주제에 감히 동료가 웬 말이더냐?"

라우벤은 당장에라도 채찍을 후려칠 기세였다. 매릭은 움찔 풀 죽은 표정으로 뒤로 물러났다. 그러다 힐끗 로니안을 보며 동정심을 얻으려 했지만, 그녀 역시 매릭을 노려보며 싸늘히 말했다.

"너! 이 누나가 지금 여행을 떠나 모처럼 기분이 좋거든. 아침부터 내 기분을 잡치게 만들면 가만 안 둘 거야."

누나라니. 바로 어제까지만 해도 누나라고 했다며 채찍을 사정없이 후려갈기던 그녀였다. 매릭은 속으로 어이가 없었지만 짐짓 알았다는 듯 해죽 웃으며 말했다.

"헤헷! 알았어, 누나. 그럼 입 닫고 가만있으면 되잖아."

"그런 말도 필요 없어. 그냥 찍소리도 하지 말고 조용히 안내나 해!"

"……."

 매릭은 풀 죽은 표정으로 말없이 고개만 끄덕였다. 속으로는 울화가 치밀었지만 어쩔 수 없었다. 순간 로니안이 힐끗 그를 노려봤다.

"어쭈? 표정이 그게 뭐야? 기분이 더럽나 보지?"

 그럼 기분이 당연히 더럽지 안 더럽겠는가? 그러나 매릭은 재빨리 고개를 흔들었다. 그가 조금이라도 그런 내색을 했다간 로니안이 기다렸다는 듯 채찍을 날릴 것이 틀림없으니까.

"헤헤, 기분이 더럽긴. 난 아무렇지 않아, 누나."

"그래? 과연 정말인지 두고 보겠어."

 마왕을 눈치 보게 만드는 소녀. 그녀의 이름은 로니안이었다. 대체 환야의 세계를 누비던 마왕 매릭이 이런 신세가 될 줄 그 누가 알았겠는가. 어디 가서 마왕이라고 말하기도 창피할 지경이리라.

'크, 망할 년 같으니!'

 종은 상전이 많을수록 고달픈 법. 사실 로드인 샤크는 오히려 대하기 쉬웠다. 그에게는 불손하지만 않으면 특별히 혼날 일이 없기 때문이다.

 그러나 라우벤과 로니안은 다르다. 그들은 자신들에게

이모털 무타티오를 펼쳐 몬스터로 만든 매릭에게 단단히 앙심을 품고 있었다. 따라서 매릭이 잘하든 못하든 그야말로 이유 불문하고 앞으로 시시때때 그를 괴롭힐 가능성이 농후했다.

아니나 다를까, 조금 전까지는 미지의 곳으로 여행을 떠난다며 들떠 있던 로니안이 다짜고짜 팔찌를 채찍으로 변환시켜 휘두르는 것이 아닌가?

찰싹!

"아아악!"

매릭은 비명을 지르며 바닥으로 뒹굴었다. 그는 순간 울컥 눈물이 튀어나왔다. 더럽게 아픈 건 둘째 치고.

"크으! 갑자기 왜 때리는 거야? 엉?"

적어도 왜 맞는지 이유는 알아야 할 것이다. 뭔가 잘못도 안 했는데 맞으니 무척 억울했다. 오죽하면 눈물이 나겠는가. 그것은 아파서가 아니라 분이 나서였다. 그러자 로니안이 싸늘히 대꾸했다.

"라따로 변하니 걷는 게 너무 불편하잖아. 빨리 날 본래 모습으로 돌려놔, 이 망할 마왕아!"

라따가 된 로니안은 본래의 키보다 훨씬 작아져 있을 뿐만 아니라 짧은 다리로 빠르게 걸어야 했으니 그 불편함이란 이루 말할 수가 없었다.

그뿐인가? 은가루를 뿌려놓은 듯 아름다웠던 온몸의 피부에 잿빛의 거친 털들이 잔뜩 나 있으니 그걸 볼 때마다 미쳐 팔짝 뛰고 싶은 심정이었다.

로니안이 아무리 미지의 세계로 여행을 떠나는 것에 들떠 있다지만, 그렇다 해서 라따로 변한 자신의 처지가 잊힐 수 있겠는가? 속으로는 화가 나도 짐짓 억누르고 있을 뿐. 그런데 정작 저주를 건 매릭은 멀쩡해 보이는 귀여운 소년의 모습으로 사뿐사뿐 걷고 있으니 속이 뒤집히는 것은 당연했다.

그것은 로니안 뿐 아니라 라우벤도 마찬가지. 그 역시 라따로 변한 손녀를 볼 때마다 울화가 치밀었고 그때마다 서슴없이 매릭을 향해 분노의 채찍을 날리곤 했다. 그러다 보니 매릭은 죽을 지경이었다. 이래도 맞고, 저래도 맞고, 세상에 동네북도 이런 북이 없었다.

'크득! 정말 돌아버리겠구나. 내가 언제까지 이렇게 살아야 한단 말인가?'

생각 같아서는 저 가소롭기 그지없는 인간 상전들을 없애버리고 싶은 심정이었다. 그러나 그랬다간 샤크에게 어떤 꼴을 당할지 눈에 선한 터라, 그는 그저 때리면 때리는 대로 맞는 수밖에 다른 도리가 없었다.

문제는 아직 여행은 시작도 안 했다는 것! 출발하기 전부터 이 지경이니 앞으로는 오죽하겠는가.

환야의 세계를 여행하는 건 일견 흥미진진해 보이지만 워낙 광대한 차원의 무수한 벌판들을 누벼야 하다 보니 사실 무척이나 무료하고 고된 일이었다. 따라서 로니안과 라우벤은 그러한 무료함과 고단함을 풀기 위해 여행 중 매릭을 시종 괴롭힐 가능성이 농후했다. 거기까지 생각이 미친 매릭의 안색이 딱딱하게 굳어졌다. 그는 이내 무겁게 한숨을 내쉬었다.

'안 되겠다. 어떻게든 저것들의 저주를 풀어 줘야지, 이러다 내가 먼저 미쳐죽을지도 몰라.'

마왕이 남의 저주를 풀어 준다? 본래라면 그가 전혀 관심도 두지 않았을 착한 일의 영역이었지만, 지금은 살기 위해서라도 그에 대한 방법을 강구하지 않을 수 없었다. 그러고 보면 매릭으로서는 마왕으로 태어나 처음 해 보는 착한 생각이었다.

'이모틸 무타티오의 저주는 아주 뛰어난 신성력을 가진 성녀가 아니면 풀기 힘들다. 그만한 능력을 가진 성녀가 있을 만한 곳이라면······.'

문제는 그가 죽었다가 무려 천 년 만에 깨어난 터라 최근의 환야가 어떻게 돌아가고 있는지 알 수 없다는 것! 당시 그가 알고 있던 지식들은 이젠 구닥다리가 되어 버린 지 오래일 것이다.

하지만 그는 실망하지 않았다. 그가 알고 있는 것들 중에는 시간이 지나면 필요 없어지는 지식도 많지만, 다행히 천 년이 지나도 변함없이 유용할 만한 지식도 꽤 존재했으니까.

'그렇지. 오르덴! 바로 그놈들이라면 성녀에 관해 아주 잘 알고 있을 터.'

환야의 세계에서 중립자적 위치에 있는 오르덴 족. 그들은 보통 도시를 이루며 살고 있는데, 과거에 매릭은 그러한 오르덴들의 도시들을 적지 않게 방문하곤 했다.

'흐흐! 그 탐욕스러운 놈들은 돈만 주면 뭐든 알려 주니 성녀가 있는 세계의 좌표를 알아내기란 어려운 일이 아닐 것이다.'

매릭은 최대한 빨리 성녀가 있는 세계로 이동해 라우벤과 로니안의 저주를 풀어 주고 그들을 떼어놓고 싶은 생각에 마음이 조급해졌다.

때마침 명상에 잠겨 있던 샤크가 깨어나 그의 앞에 나타나자, 그는 반색하며 외쳤다.

"헤헤, 로드! 저들의 저주를 풀어 줄 좋은 방법이 생각났어요."

매릭이 귀여운 소년의 미소를 지으며 외치자 샤크는 못마땅한 듯 미간을 찌푸렸다. 마왕이 어디서 감히 귀여운 척을 한단 말인가. 샤크의 눈이 사나워지자 매릭은 흠칫 놀라며 본래의 말투로 돌아왔다.

"크흐! 그러니까 일단 오르덴들의 도시에 가서 성녀가 있는 세계의 좌표를 알아내는 게 우선입니다."

그 말에 샤크의 두 눈이 커졌다. 기대 외로 쓸 만한 내용이었던 것이다.

"그러니까 그 좌표를 따라 성녀가 있는 세계로 찾아간 후, 그녀에게 저주를 풀어 달라고 하자 이거냐?"

"흐흐, 바로 그겁니다. 아주 간단하지요."

"네 말만 들으니 생각보다 간단해 보이는군. 그런데 오르덴들이 그 좌표를 확실히 알고 있다는 보장이 있느냐?"

"물론입니다. 그놈들은 도통 모르는 게 없거든요. 다만 돈이 없으면 놈들의 입을 열게 하기가 쉽지 않습니다."

"오르덴들의 돈이라면 그 베카나 가디라 불리는 특이한 화폐들을 말하겠군."

"그렇습니다, 로드."

샤크 역시 오르덴들에 대해서는 약간의 지식을 가지고 있었다. 전달자 노인이 알려준 바에 의하면 오르덴들은 베카와 가디라는 특유의 화폐를 사용한다고 했으니까.

"그렇다면 넌 그동안 오르덴 화폐를 제법 모아 두었느냐?"

"명색이 마왕인데 제법 정도가 아니라 본래 꽤 많은 돈과 보물이 있었지요. 하지만 천 년 전 망할 용자 놈에게 죽으면서 아공간도 함께 날아간 터라 지금은 빈털터리입니다. 보시다시피 지금은 단 돈 1가디도 없는 형편이죠."

매릭은 빈 주머니를 드러내며 우는 시늉을 했다. 샤크는 혀를 찼다.

"아공간을 날렸다면 완전히 빈털터리가 되었겠군."

"그때 저를 죽인 용자 놈만 아니라면, 크윽!"

매릭은 당시 일을 생각만 해도 화가 치미는지 이를 갈았다. 그와 달리 샤크는 당시 어떤 용자인지 몰라도 꽤 훌륭한 일을 했다 생각하며 내심 흡족했다. 마왕을 해치운 용자라면 마땅히 칭찬해 주어야 할 것이다.

"어쨌든 지금은 돈이 문제로군."

"로드! 지금 당장 오르덴들의 돈이 없어도 걱정할 것은 없습니다. 돈이야 벌면 되니까요."

"그건 그렇지. 뭐 좋은 방법이라도 있느냐?"

"요즘도 그런지 모르겠지만 예전에 오르덴들의 돈을 벌기 가장 쉬운 방법은 일단 그놈들의 도시 중 하나를 방문해 그들의 의뢰를 수행하는 것이었습니다."

"의뢰?"

"예, 오르덴들은 대체로 게으른 녀석들이 많아서 웬만한 것들은 돈을 주고 의뢰를 시키는 편입니다. 그러다 보니 의뢰의 종류는 무척이나 많습니다."

매릭은 침까지 튀기며 말을 이었다.

"이를테면 누군가에게 물건을 전해달라는 간단한 잔심부름부터 시작해서, 자신과 적이 된 녀석들을 소탕해달라는 의뢰, 혹은 환야의 험한 차원 벌판이나 극한의 상공에만 존재하는 희귀한 광석이나 물건을 채취해 오라는 의뢰도 있습니다. 심지어 피닉스처럼 위험한 녀석들을 포획해 오라는 의뢰를 주는 정신 빠진 오르덴 놈들도 있을 정도입니다. 물론 그런 특급 난이도의 의뢰를 수행하면 단번에 엄청난 돈을 받을 수 있지요."

"흠."

"하지만 웬만하면 그따위 어려운 걸 하는 것보다 손쉬운 의뢰들만 골라 반복 수행하는 것이 훨씬 현명합니다. 그걸 이른바 앵벌이라고 하는데, 대부분의 가난한 마왕이나 용자들이 아주 선호하는 방식입니다. 공연히 어려운 의뢰를 수행하다가 자칫 골로 갈 수도 있으니까요. 다시 말해 돈벌이는 앵벌이가 최고입니다. 지겹긴 하지만 안전은 확실합니다."

"앵벌이를 제법 해봤나 보구나."

"흐흐, 마왕이라고 다 처음부터 부유하겠습니까? 이 삭막한 환야의 세계에서는 뭐든 거저 얻는 것은 없습니다. 웬만큼 터전이 갖춰지기 전까지는 마왕도 직접 돈을 벌어야 합니다. 저 역시 가난한 초년 마왕 시절에는 오르덴들의 도시에서 꾸준히 앵벌이를 하며 돈을 벌었지요. 생각해 보니 그때가 그립기도 하군요."

매릭이 아득한 옛 시절을 떠올리며 감회가 새롭다는 듯한 표정을 짓자 샤크는 문득 다시 의미심장한 미소를 지었다.

"뭐 그리워할 것까지야 있느냐? 이제 너는 빈털터리가 되었으니 그냥 그때로 돌아갔다고 생각하면 될 텐데 말이야."

그 말에 매릭은 움찔하며 샤크를 쳐다봤다.

"그게 무슨? 설마 저보고 다시 앵벌이를 하라는 말씀이십니까?"

"멀쩡한 종을 놔두고 내가 앵벌이를 할 수야 없지 않느냐?"

샤크는 당연하다는 듯 싸늘히 말했다. 매릭의 표정이 울상으로 변했다.

'크으! 나보고 그 지겨운 짓을 또 하라고? 제기랄! 이거 못 한다고 할 수도 없고!'

왜 앵벌이란 말이 나왔겠는가? 얼마 되지 않은 보상을 받기 위해 수백 번에서 수천 번, 심지어 수만 번 이상 간단한 의뢰들을 반복하며 돈을 벌어야 해서 나온 말이었다.

그러나 다시 생각해 보니 차라리 지겹지만 앵벌이가 나을 수도 있었다. 적어도 그 일을 하는 중에는 라우벤과 로니안의 횡포에서 벗어날 수 있을 테니 말이다.

한편 매릭이 오르덴이라는 특이한 종족들이 사는 도시에 가서 이모털 무타티오의 저주를 풀 수 있는 실마리를 얻을 수 있다는 말을 하자 라우벤과 로니안은 반색했다. 어쩌면 생각보다 빨리 저주에서 풀려날 지도 모른다는 기대감에 그들의 마음은 조급해질 정도였다.

"로드! 이제 그만 출발하는 것이 어떻겠습니까?"

"맞아요. 구체적인 얘기들은 일단 가면서 해도 되잖아요. 안 그래요?"

라우벤과 로니안은 마치 어린아이처럼 빨리 출발하자고 보챘다. 샤크는 고개를 끄덕이고는 말했다.

"그래. 이제 이곳 클라우드 대륙을 떠나 환야의 차원 벌판으로 이동하도록 하자."

그 말과 함께 샤크는 공간이동 마법진을 그리기 시작했다. 그가 그저 허공에서 손을 슥슥 휘젓기만 했는데도 바닥에 큼직한 원형의 마법진이 생겨났다. 그러자 로니안이 상기된 표정으로 물었다.

"이 마법진을 통해 환야로 나갈 수 있는 건가요, 로드?"

"일단 이 마법진을 타고 특별한 결계로 이동할 것이다. 그 결계가 바로 클라우드 대륙에서 환야의 벌판으로 통하는 틈새이자 일종의 문이라 할 수 있지."

샤크의 말과 함께 일행은 마법진을 타고 어디론가 이동했다. 그곳은 마물 크라케가 마족들과 함께 지키고 있는 결계였다.

일루전 트레저인 광전사의 불꽃과 몽환의 우물이 있는 결계들. 그 각각의 결계들은 실상 아득히 먼 거리에 위치해 있지만, 샤크가 그것들의 주인이 되는 순간 서로 연결되어

지금은 마치 하나의 결계처럼 되어 있었다.

결계 앞에 도착하자 가장 먼저 달려 나온 이는 마족 루델이었다. 그녀는 샤크를 보는 순간 만감이 교차하는 듯 멍한 표정을 짓고 있었다. 샤크는 루델의 얼굴에서 입이 보이지 않는 것을 보고는 혀를 찼다.

'쯧! 그러고 보니 그 상태로 20년이 지났구나.'

당시 루델은 함부로 입방정을 떤 벌로 무려 1백 년이나 되는 묵언의 형벌을 받아야 했다.

그러나 샤크는 그녀가 헬레이스 제국에 가서 협행을 펼치면 그 형벌을 면하게 해 준다고 말했고, 루델은 그 말대로 충실히 협행을 펼쳐서 헬레이스 제국뿐 아니라 클라우드 대륙에 평화의 시대가 도래하는데 커다란 공헌을 했던 것이다.

그런데 샤크가 그 이후 마법 수련을 한다며 자취를 감춰 버렸으니 문제였다. 루델은 샤크의 허락 없이 다시 입을 만들 수도 없는 상황이라 그 후로 무려 20여 년 동안 샤크를 찾아서 클라우드 대륙을 떠돌았다.

그럼에도 샤크를 찾지 못하자 최근에는 자포자기한 상태로 이곳 결계로 들어와 언제 올지 모르는 샤크를 기다리고 있던 것이었다. 당연히 그녀로서는 샤크를 보자 속으로 울

켁하지 않을 수 없었다.

"로드! 정말 해도 너무하는 것 아니에요?"

라고 외치고 싶었지만 아쉽게도 입이 없는 터라 그녀는 눈빛으로라도 강렬히 항의를 하려 했다. 그런데 문제는 그것이 아니었다. 그녀는 샤크의 뒤에서 풀 죽은 얼굴로 걸어오고 있는 소년 하나를 발견하고 경악했다.

'저자는 설마?'

최상급 마족답게 루델은 매릭의 정체를 단번에 알아챘다. 그녀가 어찌 모르겠는가. 마족의 본능상 매릭의 얼굴을 보지 않고도 그가 마왕임을 알 수 있었다.

그리고 오래전의 일이지만 한 때 마왕 매릭의 권속이기도 했던 그녀였다. 당시 매릭이 웬 용자에게 죽임을 당하자 자연스레 그녀는 권속에서 풀려났고 자유 마족이 될 수 있었던 것이다.

그런데 매릭이 살아 있다니, 이게 어찌 된 일일까? 루델은 자신이 잘못 봤나 싶었다.

혹시라도 얼굴이 비슷하게 생긴 다른 마왕은 아닌가 싶었지만, 아무리 봐도 그녀가 알고 있는 그 마왕 매릭이 틀림없었다.

성질 더럽기로는 웬만한 마왕들 중에서도 손에 꼽았던,

그야말로 절대 상종하고 싶지 않은 이를 다시 만나게 될 줄이야!

Chapter 5

부활의 무덤

'저 작자가 살아 있다니!'

한 번 죽은 마왕이 다시 살아나는 경우도 있던가? 물론 환야의 세계에는 별 기괴한 일이 다 일어나니 마왕이 죽었다 다시 살아나는 것 또한 가능할 수도 있었다.

그러나 설령 그렇게 살아났다 치자. 루델이 매릭과 이 광대한 환야의 세계에서 이렇게 우연히 마주치기란 쉽지 않았다. 아니 쉽지 않은 정도가 아니라 가능성이 희박한 것이다.

가히 무한대로 펼쳐져 있는 광대한 영역에서 작은 먼지 정도에 불과한 두 존재가 우연히 마주칠 확률이 얼마나 되겠느냔 말이다.

 '쳇! 하필이면 저 망할 작자를!'

 루델에게 있어서 매릭은 무척이나 두려운 존재였고 또한 기피하고 싶은 대상이었다. 본래라면 그녀는 이제 꼼짝없이 매릭의 권속이 되어 온갖 착취를 당해야 할 터였으니까.

 그러나 루델은 문득 자신이 매릭을 두려워 할 필요가 없음을 깨달았다. 만일 그녀 자신과 매릭 단둘이 마주친 상태라면 끔찍한 악몽과 다름없겠지만, 지금의 매릭은 마치 도살장에 끌려오는 소처럼 맥이 없어 보였던 것이다.

 '틀림없어. 저 작자가 로드에게 진 거야.'

 눈치 빠른 루델은 매릭이 어떤 상황에 처해 있는지 간파했다. 그녀로서는 자신의 로드인 샤크가 매릭을 제압했다는 사실이 믿기지 않았지만, 한편으로 샤크라면 능히 그럴만한 존재라는 생각도 들었다. 환야의 세계에서 오래도록 산전수전 겪어왔던 그녀로서도 샤크처럼 불가사의한 괴물은 처음 보았으니까.

 '근데……'

 루델의 시선이 문득 다시 샤크를 향했다. 순간 그녀는 샤크의 몸에서 풍기는 기세가 심상치 않게 변했음을 깨달았던 것이다. 특히 그의 어깨 뒤로 신비한 은색의 휘광이 은은히 비치고 있음을 본 루델은 두 눈을 부릅뜨고 말았다.

'이럴 수가! 저 빛은? 설마 그럼 로드가?'

루델은 그동안 정체불명의 괴물이라 생각했던 샤크의 정체가 무엇인지 비로소 알 수 있었다. 샤크의 뒤로 비치는 은은한 휘광은 바로 마왕의 날개였다. 마왕의 날개를 가진 자가 누구이겠는가.

또한 단순히 날개만의 문제가 아니었다. 샤크의 몸으로부터 뿜어져 나오는 가공할 기세는 마족이나 마물들이라면 본능적인 두려움을 느끼게 만드는 것이었으니! 다른 어떤 것보다 바로 그것이 샤크가 마왕임을 확신하게 만드는 요인이었다.

'아아, 로드가 마왕이었다니!'

물론 그의 성격이 웬만한 마왕보다 더 더럽다는 것도 알고 있었고, 지금처럼 다른 마왕을 도살장의 소처럼 주눅들게 만들 만한 실력이 있다는 것도 충분히 알고 있었다.

그러나 아무리 그렇다 해도 그녀가 볼 때 샤크는 절대 마왕이 될 수는 없었다. 마왕이라면 절대 할 수 없는 행동들이 한두 가지였던가. 이를테면 은연중 협행을 강조한다든가, 하찮은 인간들을 동료처럼 대한다든가 하는 것들 말이다.

'믿을 수 없어. 정말 마왕인 거야?'

루델은 정말로 보면서도 믿기지 않았다. 그러나 어찌 믿지 않을 수 있겠는가. 두 눈으로, 또한 전신을 압박하는 절대적인 공포심이 그것을 증명하고 있는데 말이다.

'그러니까 지금까지는 소마왕이었다가 날개의 봉인을 풀었던 게 분명해. 기막혀! 정말 감쪽같이 자신이 마왕인 것을 숨기고 있었군.'

그 생각을 하자 루델은 한편으로 가슴이 떨렸다. 아주 강한 마왕의 권속이 되는 것은 마족인 루델에게 있어서 행운이라 할 수 있었다. 물론 그녀는 지금껏 적지 않은 마왕의 권속이 되어보았지만, 단연코 샤크와 같은 별종은 존재하지 않았다.

소마왕일 때의 그도 강했다. 그러나 마왕으로서의 자신을 드러낸 순간 그는 그녀가 보았던 그 어떤 마왕보다도 강력해 보였다. 어쩌면 그는 그가 자신한 대로 대마왕 플렌도 조차도 두려워하지 않을 만큼 강한 마왕이 된 것은 아닐까?

'하긴 이 루델을 꼼짝 못 하게 할 자라면 마왕이 아니고서는 불가능한 일이지. 성격이 아주 지랄 같긴 하지만 어쩌겠어. 마왕인 걸.'

그렇게 루델이 멍한 눈빛으로 샤크를 쳐다보고 있을 때, 매릭 역시 루델을 알아보는 눈치였다. 하긴 한때 자신의 권속이었던 루델을 어찌 모를 수 있겠는가.

물론 지금껏 매릭의 권속이었던 마족은 셀 수 없이 많았던 터라 그들을 다 기억하는 것도 쉬운 일은 아니었다. 그러나 루델은 그의 권속들 중 몇 안 되는 최상급 마족의 하나였으니 절대 잊어버릴 수 없었다.

"루델! 네가 이곳에 웬일이지?"

매릭은 해맑은 소년의 미소를 지으며 물었다. 그로서는 성질 더러운 두 인간 상전들에게 시달리던 차에 한때 자신의 권속이었던 루델을 보자 숨통이 트이는 기분이었다. 자신보다 아랫것이 나타났으니 말이다.

"나 매릭이라고! 매릭! 설마 날 잊어버린 건 아니겠지?"

그러나 루델은 어색한 미소를 지으며 고개를 흔들었다. 그녀는 매릭에게 별달리 할 말이 없을뿐더러, 설령 할 말이 있다 해도 할 수가 없었다. 입이 있어야 말을 할 수 있지 않겠는가. 한편으로 지금 상황에서는 입이 없다는 게 차라리 다행이란 생각이 들기도 했다.

루델이 마치 모르는 마왕을 보기라도 한 듯 고개를 돌려 버리자 매릭은 울컥 화가 치솟았다. 성질 같아서는 당장에라도 루델을 패대기쳐버리고 싶었지만 샤크의 눈치를 보며 참을 수밖에 없었다. 이를 악무는 매릭의 두 눈이 이글이글 타올랐다.

'제길! 그러고 보니 네년이 로드의 권속이 된 것이로군.'

한때 자신의 권속이었던 마족이 다른 마왕의 권속이 된 것을 보게 된다면 그 어떤 마왕이라도 화가 불같이 솟구치게 될 것은 당연했다. 그것은 인간으로 친다면 마치 부인이 바람나서 다른 남자에게 가 있는 것을 보는 남편의 심정이랄까?

따라서 대부분의 마왕은 자신들의 권속이 배신을 하지 못하도록 피의 맹약을 강제하곤 했다. 권속이 배신을 하는 순간, 저주로 인해 끔찍한 고통과 함께 죽임을 당하게 하기 위해서였다.

그렇다면 루델은 그러한 맹약을 하지 않았던 것일까? 천만에! 매릭이 그토록 착한 마왕이었을 리가 있겠는가? 당연히 매릭 역시 루델에게 피의 맹약을 시켰다. 그러나 천년 전 그가 죽음과 동시에 그 맹약의 효력은 사라졌고 루델은 자유 마족이 된 것이다.

따라서 자유 마족인 루델이 다른 마왕의 권속이 되었다고 해서 매릭이 뭐라 할 수 있는 그 어떤 명분도 없었다. 그녀는 배신을 한 것이 아니었기 때문이다. 죄가 있다면 용자에게 무참히 패배해 죽임을 당한 매릭에게 있을 뿐, 매릭이 그녀를 추궁하는 건 염치없는 짓이었다.

그리고 설령 루델이 배신을 했다 하더라도 그녀가 샤크의 권속이 되었다면 손 써볼 여지도 없었다.

환야에 떠도는 격언 중에 마족이나 마물도 마왕 봐가면서 팬다는 말이 있다. 그 뜻은 인간으로 치자면 개도 주인 봐가면서 팬다는 말과 흡사했다.

다시 말해 매릭이 루델을 마음껏 손보려면 그녀의 로드인 마왕 샤크보다 강해야 가능하다는 뜻이었다. 그러나 매릭은 샤크가 얼마나 가공 무쌍한 존재인지 이미 몸으로 체험해 봤다. 그의 비위를 거스르는 것이 얼마나 무모한 행위였던가. 게다가 샤크는 매릭의 로드이기도 했으니, 그에게 대항한다는 것은 있을 수 없었다.

그보다 매릭은 샤크의 심기를 건드리지 않는 한도 내에서 루델을 손볼 수 있는 좋은 방법을 떠올렸다.

'흐흐, 루델이 로드의 권속이라니 차라리 잘됐군. 마족인 이상 당연히 나의 아랫것이 되겠지.'

라우벤과 로니안이 그의 상전이 된 것은 특수한 경우였다. 매릭은 설마 명색이 마왕인데 자신을 한낱 마족에 불과한 루델의 아랫것이 되게 하지는 않을 것이라고 확신했다.

그러나 안타깝게도 샤크는 둘의 서열에 대해 아무런 언급도 하지 않았다. 매릭에게는 매우 중요한 일이었지만 샤크에게는 관심 밖의 일이었으니까.

샤크는 루델을 부드럽게 바라보며 입을 열었다.

"루델, 네가 협행을 펼친 덕분에 클라우드 대륙이 제법 평화로워졌음은 알고 있다. 그동안 반성을 충분히 했을 테니 묵언의 징벌은 오늘로 끝이다. 이제 다시 입을 만들어 자유롭게 말을 하도록 해라."

순간 루델의 얼굴에 금빛의 아름다운 입술이 생겨났다. 그녀는 곧바로 환하게 웃으며 말했다.

"로드의 자비에 감사드려요. 호호호."

"그동안 말을 못해서 꽤 답답했겠구나."

"그걸 굳이 말해 뭣해요? 대체 이십 년 동안 어디 계셨던 거죠?"

루델은 섭섭하다는 듯 입을 삐죽였다. 샤크는 어깨를 으쓱했다.

"심심해서 마탑을 찾아가 마법 수련을 하고 있었는데 그 사이 이십 년이 지났을 줄은 몰랐지."

그 말에 루델은 멍해졌다. 뭔가 대단히 중요한 일도 아니고 그저 심심해서 마법 수련을 하다가 시간 가는 줄 몰랐다니, 그렇게 20년이 흘렀다는 것이다. 그녀로서는 어처구니가 없었다.

'망할! 그럼 묵언의 징벌이라도 풀어 주고 취미를 즐기든가.'

성질 같아서는 확 따지고 싶었다. 물론 그것은 그저 생각만으로 그치는 게 좋을 것이다. 그랬다간 어떤 꼴을 당할지 뻔했다. 샤크가 웬만한 마왕 정도였다면 죽는 셈 치고 한번 따져보겠지만, 샤크는 매릭과 같은 마왕도 공포에 질리게 만드는 절대자였다. 성질도 아주 더럽고 말이다.

'내가 참는다. 참아.'

그런데 그렇게 루델이 속으로 화를 눌러 참으며 한숨을 내쉬고 있는 모습을 흥미진진하다는 듯 지켜보고 있는 이가 있었으니, 그는 다름 아닌 매릭이었다.

'큭! 저 수다쟁이 녀석이 이십 년 동안 입 없이 살았다 이건가. 그것참, 기막힌 징벌이로군.'

매릭은 왜 자신은 그런 기발한 징벌을 내릴 생각을 하지 않았을까 싶었다. 그는 예전에 자신의 권속들이 잘못을 했을 때 온갖 마법이나 저주로 고통을 주는 징벌을 내렸지, 묵언의 징벌을 내려 본 적은 없었다.

그러나 지금 생각해 보니 루델처럼 말하기 좋아하는 마족에게는 묵언의 징벌처럼 고통스러운 벌이 없었던 것이다. 왠지 그런 흥미로우면서도 기발한 징벌을 생각한 샤크가 존경스러워지는 순간이었다.

그러다 문득 그는 등골이 서늘해졌다. 혹시라도 샤크가 자신에게 그런 징벌을 주게 되면 무척이나 고통스러울 것이란 생각 때문이었다.

그렇다. 매릭은 루델 못지않게 말하는 것을 좋아하는 편이었다. 어떤 면에서는 루델보다 더하면 더했지 결코 덜하지 않았다.

'그건 정말 끔찍한 일이다.'

눈치 빠른 매릭은 알아서 더욱 조심하기로 했다. 말 못하고 사는 건 매 맞는 것 이상의 고통일 테니까. 곧바로 그는 샤크를 향해 최대한 공경스러운 태도로 외쳤다.

"로드, 일루전 트레저인 부활의 무덤을 로드께 바치겠사옵니다. 로드를 위해 특별히 제게 있어 가장 귀한 보물을 아낌없이 드리지요."

그 말에 샤크는 어이가 없었다. 매릭은 마치 자신 스스로 샤크에게 부활의 무덤을 바치는 것처럼 말하지만, 실상 그것은 그가 샤크의 권속이 된 이상 마땅히 바쳐야 할 것이었다.

 특히나 매릭으로서는 부활의 무덤이 요구하는 조건을 들어주지 못했으니 이대로라면 그것은 그의 품을 떠나고 말 것이다. 그렇게 될 바에야 차라리 생색이라도 내자는 심정이 아니겠는가. 그로서는 선택의 여지가 없음이 분명했다.

 '저 녀석 대체 몇 번을 생색내는지 모르겠군. 하긴 그걸 주자니 아깝긴 할 테지.'

 샤크는 실소를 하며 고개를 끄덕였다.

 "좋아. 어쨌든 고맙게 받도록 하겠다."

 이유야 어찌 되었든 또 하나의 일루전 트레저가 샤크에게 귀속되는 순간이었다. 환야의 세계에 존재하는 기이한 현상이라 불리는 일루전 트레저, 그중 하나인 부활의 무덤!

 본래 소유주인 매릭이 스스로 그 권한을 포기하고 샤크에게 그것을 바치자 샤크가 소유하고 있는 다른 일루전 트레저들인 몽환의 우물, 광전사의 불꽃의 결계들과 자연스레 연결되었다.

 이는 곧 샤크가 광대한 환야의 세계에서 세 개의 좌표를 확보하게 되었음을 의미했다. 그 세 좌표들은 각각 샤크가 환야의 차원 벌판으로 나갈 수 있는 문들이기도 했다.

 따라서 샤크는 고민이 되지 않을 수 없었다. 이곳 클라우드 대륙에 존재하는 문을 통해 환야의 벌판으로 나갈 것인가, 아니면 몽환의 우물이 있는 마물 숲을 통해? 그것도 아니면 이번에 새로 얻은 부활의 무덤이 있는 곳을 통해서도 가능했다.

그러나 곧바로 이어지는 매릭의 설명을 통해 샤크는 부활의 무덤이 있는 좌표는 출발지에서 제외시켜야 함을 알게 되었다.

"로드, 어떻게 된 일인지 부활의 무덤이 있는 주변은 가공할 차원력이 미쳐 날뛰고 있습니다. 천 년 전에는 그렇지 않았는데 왜 그렇게 되었는지는 저도 모릅니다. 어쨌든 지금은 마왕인 저도 잠시를 버틸 수 없는 사지이니, 그곳을 출발지로 하는 것은 미친 짓입니다."

마왕의 능력으로도 버티기 힘든 사지(死地)라면 인간인 라우벤이나 로니안 등은 말할 필요도 없으리라. 따라서 부활의 무덤은 이번 여행의 출발지로 부적격했다.

다만 샤크로서는 호기심이 들지 않을 수 없었다. 대체 얼마나 엄청난 차원력이 존재하기에 매릭이 잠시도 버티기 힘든 것인지 말이다. 샤크가 알기로 차원력은 환야의 자연현상 중 가장 강력한 힘을 의미했다.

'그토록 강한 힘이 존재한다면 나의 수련에도 꽤 도움이

되겠군.'

 그곳이 비록 마왕도 버티기 힘든 사지라 해서 겁낼 샤크가 아니었다. 오히려 더욱 가보고 싶은 충동이 일 뿐.

 그렇지 않아도 환야의 차원 벌판 상공에 존재하는 차원력에 대해 호기심을 가지고 있던 샤크였다. 앞으로 여행 중 수시로 상공으로 날아올라 차원력과 맞서보려 했던 그로서는, 그보다 가공할 차원력이 미쳐 날뛰고 있다는 곳이 있다니 어찌 흥미가 동하지 않겠는가.

 전생에도 샤크의 스승은 자연이었다. 차원력 또한 환야에 존재하는 자연 현상의 하나일 터. 샤크는 그 새로운 스승에게 가르침을 받을 생각에 가슴이 설레었다.

 '여행을 떠나기 앞서 잠시 그곳에 가 봐야겠군.'

 다만 그 전에 마물 숲과 이곳 클라우드 대륙 중 어느 곳을 여행의 출발지로 삼을지 결정해 두는 게 좋을 것이다. 무턱대고 아무 데나 고르기보다는 둘 중 오르덴의 도시와 가까운 곳을 선택하기로 했다.

 "매릭 네가 알고 있는 오르덴의 도시는 이 두 좌표 중 어느 곳이 더 가까우냐?"

 "그게…… 제가 알고 있는 오르덴의 도시들은 부활의 무덤이 있는 좌표에서 가깝지만 지금 그곳 주변은 날뛰는 차원력으로 인해 이동이 불가능합니다."

 매릭이 아무리 오랫동안 환야의 세계를 누비던 마왕이었다지만, 환야는 그 정도 세월 따위는 우습게 볼만큼 광대한 곳이었다. 마왕이 수 만 년을 미친 듯 질주하며 여행을 한다 해도 환야의 세계의 극히 일부만을 볼 수 있을 뿐이었다.

 그러나 매릭은 그가 살아온 장구한 세월만큼이나 많은 곳을 여행했고, 적지 않은 오르덴들의 도시를 알고 있었다. 문제는 그가 알고 있는 지역으로 이동하는 것이 불가능해 샤크에게 아무런 도움이 되지 않는다는 것이었다.

 매릭은 히죽 웃었다.

 "하지만 뭐 걱정할 것 있겠습니까? 돌아다니다 보면 오르덴 녀석들이 살고 있는 도시를 발견하게 될 텐데요."

 "무턱대고 돌아다니자고?"

 "일단은 그래야지요. 그러다 지나가는 마족이나 마물들을 잡아 족쳐보면 의외로 좋은 정보를 얻을 수도 있습니다."

 그런데 그때 잠자코 샤크와 매릭이 하는 말을 듣고 있던 루델이 코웃음 치며 말했다.

 "로드! 그런 식으로 다니다간 수백 년이 지나도 찾기 힘들 걸요. 그보다 오르덴의 도시가 있는 위치라면 제가 잘 알고 있어요. 마물 숲에서 출발하는 것이 가장 가깝겠네요."

루델은 몽환의 우물이 있는 마물 숲에서 머지않은 곳에 오르덴의 도시인 트라구다가 존재한다고 했다. 놀랍게도 그녀는 오르덴들에게 구입한 특이한 측정기도 가지고 있었는데, 그것은 일정 반경 이내에 존재하는 오르덴들의 도시 위치를 입체지도를 통해 표시해 주는 마도구였다. 이에 샤크는 반색하며 고개를 끄덕였다.

"그렇다면 루델 네가 길잡이를 하도록 해라. 출발은 내일이다. 오늘 내로 여행에 필요한 것들을 준비하도록."

"예, 로드."

루델은 의기양양한 표정으로 대답했다. 매릭은 왠지 마족인 루델보다 못한 존재가 된 듯해 인상을 구겼다.

'제길! 예전에 내겐 저따위 싸구려 측정기가 아닌 최상급의 측정기도 가지고 있었는데 모조리 잃어버렸으니.'

하지만 예전에 아무리 좋은 측정기가 있었으면 뭘 하겠는가. 지금 없다면 아무 소용이 없다. 말해봤자 입만 아플 뿐이리라. 그래서일까? 매릭은 루델이 왠지 얄미웠다. 그의 눈초리가 사나워지자 루델은 흠칫 고개를 돌리며 그와 시선을 마주치려 하지 않았다.

 루델이 자신을 두려워하는 듯하자 매릭은 잘됐다는 듯 더욱 살벌한 눈초리로 그녀를 쏘아봤다. 얼마가 될지 모르는 장구한 여행 동안 루델을 괴롭히는 것이 그의 소일거리가 될 것이었다.

 그런데 마치 그런 그를 비웃듯 채찍이 날아들었다.

 철썩!

 "크억!"

 채찍을 날린 이는 다름 아닌 로니안. 매릭은 발끈하여 그녀를 노려봤다.

 "으읙! 내가 또 무슨 잘못을 했다고 때려?"

 "흥! 어디서 눈에 힘을 주고 있는 거야?"

 로니안은 매릭이 루델을 주눅 들게 만드는 모습이 영 마음에 들지 않은 듯했다. 아니, 그렇다고 눈에 힘도 못 준단 말인가? 매릭은 속으로 어이가 없었지만 로니안의 등쌀에 눈에서 힘을 풀어야 했다.

 '크으! 정말 못 살겠구나, 젠장!'

 마음 놓고 눈에 힘도 못 주는 마왕. 그의 이름은 매릭이었다. 그는 울상을 지으며 샤크를 쳐다봤다.

 "로드! 오늘 출발한다고 하지 않았습니까? 왜 내일로 출발을 미루신 겁니까?"

한시라도 빨리 성녀를 찾아 저주를 풀어줘야 이 빌어먹을 신세에서 벗어날 것이란 생각에 매릭은 조급했지만, 샤크는 잠시 어딘가 다녀올 곳이 있다면서 사라졌다.

샤크가 사라지자 매릭은 더더욱 로니안의 눈치를 봐야했다. 본래라면 샤크의 부재 시에 모두가 매릭의 눈치를 봐야 정상이겠지만, 라우벤과 로니안의 손목에 매릭을 제압하는 절대 팔찌가 있는 이상 그는 그저 쥐죽은 듯 숨죽이고 있어야 했다.

그런 매릭의 모습을 보며 루델은 황당하지 않을 수 없었다. 마왕인 매릭이 오크와 라따의 눈치를 보다니, 이게 대체 어찌 된 일일까?

그러나 눈치 빠른 루델은 그 두 몬스터가 평범한 몬스터가 아님을 간파했다. 이모털 무타티오의 저주에 걸린 그들의 본 모습은 마왕 정도가 아니라면 간파하기 힘들지만, 루델은 오크가 등에 메고 있는 대검이 아주 낯익었던 것이다.

'흠, 저 오크는 아무리 봐도 라우벤 같은데?'

루델이 어찌 라우벤을 모르겠는가. 인간이지만 최상급 마족인 그녀 못지않은 전투력을 지닌 괴물인 그를 말이다. 설령 그에게 그러한 실력이 없다 해도 로드 샤크의 부하인 이상 그녀가 모를 리 없었다.

아무리 생각해도 라우벤이 애지중지하던 자신의 검을 오크에게 주었을 리는 없었다. 게다가 한낱 몬스터인 오크로부터 풍기는 기세가 라우벤 못지않았던 것이다.

'틀림없어. 라우벤이야. 근데 저 녀석이 어쩌다 오크가 된 거지?'

인간이나 이종족 혹은 드래곤 정도의 저주 마법에 당한 것이라면 루델이 손쉽게 풀어 줄 수 있었다. 그러나 라우벤과 로니안이 당한 저주는 루델로서는 감히 손도 대지 못할 정도로 엄청난 것이었다.

'설마?'

순간 루델의 몸이 흠칫 떨렸다. 그녀는 비로소 라우벤 등이 아주 끔찍한 저주에 걸렸음을 간파했다. 마족이나 드래곤 정도가 아닌 마왕의 저주 마법이라면?

'틀림없어. 이모털 무타티오! 그 끔찍한 저주 마법에 당한 거야.'

예전에 한 번 그 저주에 걸려봤던 루델이었으니, 그것이 얼마나 가공스러운 저주인지 아주 잘 안다. 그녀는 치가 떨린다는 표정으로 매릭을 노려봤다.

'그러니까 저 작자가 저주를 걸었고, 그러다 로드의 분

노를 샀던 게 분명해.'

 설명을 듣지 않고도 루델은 상황이 어떻게 된 것인지 어렵지 않게 짐작했다. 마왕 매릭이 왜 샤크의 권속으로 전락했는지 말이다.

 다만 매릭을 꼼짝 못 하게 만드는 채찍에 대해서는 경악한 터였다. 대체 그것이 무엇이기에 마왕 매릭을 노예처럼 만들어 버릴 수 있을까?

 찰싹!

 "크아악!"

 그 사이에도 라우벤과 로니안이 날린 채찍이 매릭을 후려갈겼다. 한 대 맞을 때마다 고통이 엄청난 모양인지 매릭이 비명을 지르는 모습을 보며 루델은 가슴이 서늘해지고 말았다.

 '나도 조심해야겠어.'

 마왕인 매릭도 죽을상을 쓸 만큼 끔찍한 고통을 주는 채찍이니, 마족인 그녀 역시 맞으면 그 즉시 사망할지도 모른다는 두려움이 드는 건 당연했다.

 힐끗.

 그때 우연히 오크 라우벤이 루델과 눈이 마주쳤다. 순간 라우벤의 두 눈이 커졌다. 라우벤은 사실 루델의 눈이 확

튀어나올 만큼 아름다운 외모에 감탄한 것이었다. 그러나 루델은 라우벤이 자신을 못마땅하게 여겨 노려본다는 생각에 흠칫 몸을 떨었다.

그때 로니안도 힐끗 고개를 돌려 루델을 쳐다봤다. 그녀는 금발의 아름다운 미모를 가진 여성의 외모를 가진 루델이 신기해서 쳐다봤지만, 루델은 더더욱 공포에 질리고 말았다.

그렇게 루델 또한 라우벤과 로니안의 눈치를 보는 신세로 전락했다. 마왕인 매릭과 최상급 마족인 루델이 그런 형편이니 다른 마족들은 오죽하겠는가. 마물 크라케 역시 어찌 된 영문인지 모르지만 라우벤 등의 눈치를 보며 주눅이 든 터였다.

한편 그 사이 샤크는 일루전 트레저인 광전사의 불꽃이 존재하는 결계로 진입한 터였다.

츠으으읏!

클라우드 대륙에서 환야의 차원 벌판으로 통하는 일종의 문이라고도 할 수 있는 이곳 결계는 사실상 클라우드 대륙과는 별개로 존재하는 공간이자 세계였다. 물론 세계라 부르기에는 크기가 무척 작아 결계라 부르는 것이 맞았다.

'흠, 이곳에 오니 예전에는 보지 못했던 게 보이는군.'

소마왕일 때는 보지 못했던 것이 마왕이 되자 보였다. 물론 그 보인다는 것은 시각적인 영역이 아닌 깨달음의 영역을 의미했다.

과연 어떤 것을 깨달은 것일까? 그것은 샤크가 일루전 트레저인 광전사의 불꽃을 활용함에 따라 이 기이한 결계 공간의 크기도 끝없이 확장될 수 있다는 것이었다.

또한, 단순히 공간의 크기만 확장되는 것이 아니다. 이 결계 공간의 지배자는 샤크이기에 그가 원하는 세계가 만들어질 수 있는 것이다.

환야에서 이른바 마계라 불리는 세계들이 바로 그것이었다. 물론 마계란 마왕이 지배하는 모든 세계들을 통칭해서 말하기도 하지만, 이처럼 일루전 트레저를 통해 지배하는 특별한 결계 공간이야말로 진정한 마계라 할 수 있었다. 다만 아직 확장되지 않은 터라 소마계라 부르는 것이 맞았다.

'그러고 보면 나는 세 개의 소마계를 가진 셈이로군.'

샤크는 씁쓸히 웃었다. 다른 마왕들이었다면 무척 기뻐했을 테지만, 샤크는 그와 달랐다. 소마계를 마계로 확장시키려면 반드시 일루전 트레저들을 활용해야 하기 때문이다.

그러나 환야의 세계에 결코 거저는 없었다. 불가사의하

도록 신비한 일루전 트레저들의 힘을 활용하기 위해서는 그것들이 원하는 것을 들어 줘야 한다.

안타깝게도 그것들은 샤크가 보기에 매우 사악하고 파괴적이며 끔찍했다. 인간이나 이종족들을 죽여 그들의 영혼을 바쳐야 하는 것이니, 샤크가 어찌 그것들을 내켜 하겠는가.

따라서 수중에 3개나 되는 소마계가 존재한다는 것이 샤크에게는 별다른 의미가 없었다. 유일한 의미가 있다면 그 각각의 소마계가 서로 연결이 되어 있어 그것들을 통해 공간 이동이 가능하다는 것뿐이었다.

스으윽.

곧바로 샤크는 광전사의 불꽃이 있는 소마계에서 부활의 무덤이 있는 소마계로 이동했다. 샤크는 그저 잠시 걸은 것뿐이지만, 그는 그 사이 그야말로 아득한 공간을 이동해 온 것이었다.

'흠.'

광전사의 불꽃이나 몽환의 우물이 있는 소마계와 마찬가지로 이곳 역시 가운데 큼직한 무덤이 하나 있는 것 외에는 텅 비어 있었다.

투박해 보이는 무덤! 그것이 바로 일루전 트레저 중 하나인 부활의 무덤이었다. 소유자가 죽었을 때 다시 살아나게 만들어 주는 아주 신비한 능력을 가진 무덤!

그러나 샤크는 결코 이 무덤의 능력을 활용하고 싶은 생각은 없었다. 몽환의 우물이나 광전사의 불꽃도 마찬가지. 그것들은 샤크에게 그저 수집품에 불과했다.

'다른 마왕 놈들이 이것들을 가지면 인간들에게 큰 재앙이 임할 테니 차라리 내가 보관하는 게 낫겠지.'

따라서 앞으로도 샤크는 일루전 트레저는 보이는 족족 챙길 생각이었다. 그 또한 일종의 협행이라 할 수 있을 테니까.

Chapter 6
새로운 스승

샤크가 부활의 무덤이 있는 소마계로 이동한 이유는 이곳 주변의 차원력이 미쳐 날뛰고 있다는 매릭의 말 때문이었다. 과연 얼마나 가공할 차원력이 존재하기에 마왕인 매릭이 잠시도 견디지 못하는 것일까? 그것은 샤크 역시 나가보면 알게 될 것이다.

 곧바로 샤크는 결계 즉, 소마계의 한쪽에 나있는 통로를 통해 환야의 차원 벌판으로 나가보았다.

 츠으읏!

 순간 샤크는 사방이 확 트인 벌판에 서 있었다. 상공에는 자줏빛의 하늘이, 아래로는 사방 어느 곳을 봐도 그 끝이 보이지 않는 황무지의 벌판!

　보통의 인간들이 이곳에 나오게 되면 무한대로 펼쳐져 있는 방대한 공간 속에 홀로 내버려진 듯한 자신을 발견하며 극도의 공포심에 사로잡힐 것이다.

　그러나 샤크는 인간이 아닌 마왕이다. 애초에 소마왕으로의 삶도 이와 같은 환야의 벌판 위에서 시작되었던 터라, 샤크에게 이곳은 두려움이나 공포의 장소가 아닌 모친의 자궁 속처럼 포근하며 편안한 곳이었다. 마치 고향으로 돌아온 기분이랄까?

　그러나 그러한 편안함은 아주 일시지간일 뿐이었다. 곧바로 샤크는 전신을 찢을 듯 엄습하는 가공할 기운에 몸을 떨었다.

　'흐읍!'

　알 수 없는 강력한 기운들이 칼날처럼 온몸을 난도질해 왔다. 그로 인해 샤크가 입고 있는 옷은 순식간에 가루로 변해 흩어져 버렸고 훤히 드러난 피부 또한 거미줄과 같이 갈라지기 시작했다.

　그러나 그 순간 샤크의 입가에는 씩 미소가 맺혔다. 엉뚱하게도 그는 상공을 향해 포권의 자세를 취하며 나직이 외쳤다.

"한 수 가르침을 받으러 왔으니 잘 부탁하겠소, 스승!"

스승이라니. 도대체 누구를 스승이라 말하는 것인가? 설마 이 정체 모를 살벌한 기운들을 향해 외친 것일까? 누가 보면 미쳤다고 하겠지만 샤크의 표정은 매우 진지했다.

쩌저적! 파파팍—

그런 샤크를 비웃기라도 하듯 엄습하는 기운들은 더욱 거세졌다. 샤크의 피부가 심하게 갈라지더니 급기야 피가 튀어 나갔다. 전신이 피범벅이 된 샤크의 몸은 처참할 지경이었다. 샤크는 인상을 찡그렸다.

'제길! 만상무극심법이 통하지 않는군. 역시 차원력인가?'

전생에서 샤크의 모든 깨달음의 정화라 할 수 있던 만상무극심법! 그로써 세상에 존재하는 모든 힘들의 근원인 무극지기를 발견했던 샤크였다.

따라서 차원력으로 추정되는 이 정체 모를 기운 또한 만상무극심법을 통해 다스리며 체내로 흡수할 수 있지 않을까 기대했지만, 그것은 착각이었다. 차원력은 무극지기로는 감히 다스릴 수 없는 강력한 기운. 그것을 체내에 흡수해 활용하겠다는 생각은 망상 그 자체였던 것이다.

추아아아아! 콰콰콰콰콰콰!

샤크는 이를 악물고 버텼다. 차원력은 더욱 거칠게 휘몰아쳤다. 눈에 보이지 않지만 거대한 소용돌이가 생겨나 샤크를 중심으로 휘돌았다. 그로부터 비롯되는 압력은 가히 미증유라 할 수 있었다.

더욱 공포스러운 일은 차원력과 맞서는 순간 벌어졌다. 샤크는 체내에 존재하는 무극지기가 급격히 흩어지는 충격에 깜짝 놀랐다. 놀랍게도 차원력은 그것과 다른 모든 힘을 소멸시켜버리는 무서운 능력을 가지고 있었던 것이다.

'역시 가공하군…….'

샤크는 흩어지는 무극지기를 단전으로 복귀시켰다. 그것은 그야말로 고도의 집중력을 요구했지만, 단순히 집중력만으로 가능한 일은 아니었다.

만상무극심법의 신묘한 능력!

비록 차원력을 흡수해 통제할 수는 없어도 차원력에 맞서 흩어지는 무극지기를 지키는 것은 가능했다. 그러나 차원력은 더욱 사납게 밀려들었다.

'으으윽!'

급기야 샤크의 코와 귀에서도 피가 튀어나왔다. 그의 고집스레 악문 입술도 터져버렸고 찬란한 은발은 물론, 견고함의 상징이라 할 수 있는 마왕의 날개조차 갈기갈기 찢겨

나갔다.

 이 순간 샤크는 마치 거대한 화염 속으로 뛰어든 작은 불나방 같았다. 무슨 몸부림을 쳐도 타죽을 수밖에 없는 미약한 존재! 감히 창조주에게 도전했다가 재앙을 받은 피조물의 최후가 이럴 것이다.

 으드득! 콰드드득!

 뼈가 탈골되고 부러지는 소리가 섬뜩하게 일더니 결국 샤크의 몸이 머리부터 팍 터져 나가며 산산조각이 나버렸다.

 파악! 콰지지직—

 그런데 그렇게 먼지가 되어 흩어지는가 싶던 샤크의 몸이 이내 그로부터 몇 로빗 떨어진 거리에서 멀쩡한 상태로 나타나는 것이 아닌가?

 그렇다. 조금 전 부서진 것은 샤크가 임의로 만들어 낸 분신일 뿐 그의 본신은 아무런 충격도 받지 않은 터였다. 이는 샤크가 날개의 봉인을 풀고 마왕으로서의 자신을 드러낸 이후에 터득한 가능한 능력으로, 그 순간 외부의 모든 물리적 충격을 분신으로 향하게 만들 수 있었다. 분신이 건재할 때 본신은 마치 그림자와 같은 상태가 되어 그 어떤 충격도 받지 않았다.

'큭, 좋아! 이건 다행히 되는군.'

샤크의 입가에 회심의 미소가 맺혔다. 통제할 수 없는 가공할 미지의 힘인 차원력도 무적은 아니었다. 그 사이 샤크는 또 하나의 분신을 만들었고 그것을 향해 엄습하는 차원력의 폭풍을 담담히 지켜보았다.

콰아아아아아!

순간 차원력이 크게 분노라도 한 듯 조금 전에 비할 수 없이 강력한 폭풍을 형성했다.

파스스스!

그로 인해 샤크의 분신은 눈 깜짝할 사이에 먼지로 화해 흩어져 버렸다. 그러나 그 사이 샤크는 또 하나의 분신을 만들었다. 그로 인해 소모되는 무극지기가 적지 않았지만 아직은 버틸 만했다.

콰르르르! 쿠콰콰콰콰쾅!

순수한 차원력으로 가득한 공간에 불순한 뭔가가 나타난 것을 용납하지 못하겠다는 듯 차원력은 더욱 미쳐 날뛰기 시작했다.

이른바 차원 정화의 폭풍!

이 가공할 폭풍이 어디에서 비롯되고 어디로 가고 있는지는 알 수 없었지만, 샤크는 이 순간 오직 한 가지에만 정신을 집중했다.

　몰아치는 폭풍의 흐름을 기억하는 것!

　섬광같이 비추듯 짧은 순간들이지만 그의 분신이 부서지는 모든 과정들은 하나도 남김없이 기억해 두었다.

　그러한 과정은 한참 동안 지속되었고, 그것은 샤크의 무극지기가 거의 소진되고 나서야 끝이 났다. 더 이상은 버티기 힘들다는 판단이 들자 샤크는 부활의 무덤이 있는 결계로 황급히 귀환했다.

　'오늘은 여기까지. 다음에 또 가르침을 부탁하겠소, 스승!'

　그 와중에도 샤크는 차원력을 향해 정중히 포권을 하는 예의를 잊지 않았다.

　그러나 그런 여유로운 모습과 달리 그의 표정은 굳어져 있었다. 이 정도의 악전고투를 벌였다면 뭔가 얻는 바가 있어야 했는데, 무극지기가 소진된 것 말고는 별다른 소득이 없었던 것이다.

　물론 소득이 아주 없다고는 할 수 없었다. 그가 가진 한계가 차원력 앞에 여실히 드러났기에 그 과정을 연구하다 보면 현재의 경지를 초월하는데 어떤 식으로든 도움이 될 수 있을 테니 말이다.

그러나 아직은 막연했다. 환야의 세계에서 최상위 포식자의 위치에 있는 마왕이지만, 차원력 앞에서는 그저 하찮은 미물에 불과했으니까. 어쩌면 막연한 정도가 아니라 불가능의 영역일 수도 있었다.

그러나 전생에서도 만상무극심법을 깨달을 때까지 이와 같은 절망을 수없이 느꼈던 샤크였다. 매일 절망과 싸워나가다 보면 일시지간 우연처럼 그 절망의 벽을 넘어설 때가 있고, 바로 그때가 한계를 초월하는 순간인 것이다.

따라서 샤크는 결코 포기하지 않을 것이다. 언제가 될지 모르지만 반드시 차원력을 무극지기처럼 활용할 그때가 올 테니까.

'조급할 건 없겠지. 난 장구한 수명을 지닌 마왕이잖아.'

백 년의 수명을 가진 인간이라면 조급할 수 있겠지만, 마왕은 그와 비할 수 없는 긴 수명을 가지고 있다. 포기하지 않고 지속적으로 노력만 한다면 언제고 차원력의 신비를 벗겨낼 수 있으리라.

그보다 확실한 목표가 생겼다는 것이 의미가 있었다. 환야에는 대마왕 플런더와 같은 강한 마왕들과 그 못지않은 강한 용자들도 존재한다지만, 샤크의 목표는 그들이 아니었다. 환야에서 가장 강력한 힘이라는 차원력이 바로 그의 목표였다.

'가장 강한 것을 목표로 하다보면 그보다 약한 것들은 저절로 극복하게 된다.'

전생에서도 그는 무공을 수련할 때 정도맹주나 마교의 교주와 같은 이들을 목표로 삼지 않았다. 그의 목표는 자연이었다. 자연은 곧 그의 스승이기도 했다. 그를 목표로 삼고 끝없이 정진하다 보니, 어느 순간 마교의 교주를 비롯한 무림의 모든 고수들이 그의 발아래 있음을 발견했던 것이다.

'목표가 있다는 것은 즐거운 일이지.'

샤크는 차원력에 맞섰다가 자신이 그것 앞에서는 아주 미력한 존재임을 확인한 것만으로도 무척 기분이 유쾌했다. 목표가 거대하면 거대할수록, 불가능이란 생각이 들 만큼 요원해 보일수록, 그만큼 발전의 여지가 있다는 것이 아니겠는가.

어쩌면 차원력은 장구하게 펼쳐질 마왕으로서의 삶에서 태양처럼 환하게 그의 앞날을 비추는 지표가 되어 줄 것이다.

'이제 돌아갈까? 어차피 환야의 벌판 어느 곳이든 상공

에는 차원력이 존재하고 있으니 굳이 이곳에서만 수련을 할 필요는 없겠지.'

여행을 하는 도중 수시로 상공에 날아올라 차원력과 맞서는 수련을 할 수 있을 테니 그 또한 흥미로운 일이리라.

샤크는 그가 말한 대로 정확히 하루 만에 라우벤 등이 있는 곳으로 돌아왔다. 그 사이 루델은 샤크가 지시한 대로 환야의 차원 벌판으로 나가는 데 필요한 준비를 해두었다.

환야의 차원 벌판에는 낮과 밤이 따로 존재하지 않는다. 즉, 낮을 밝히는 해나 밤을 비추는 달은 없지만 특이하게 시야는 환하게 트여 있었다.

그러나 상공을 구름처럼 뒤덮고 있는 차원력의 기운이 지상까지 엄습할 때가 자주 있는데, 신비하게도 그 형태는 마치 비나 눈 혹은 안개 등의 기상 현상과 흡사하게 나타났다.

이를테면 하늘에서 자줏빛의 빗방울이 떨어진다든가, 붉은빛의 눈송이들이 휘날린다든가 하는 식이었다. 혹은 푸른색의 안개가 사방을 뒤덮는 경우도 있다 했다.

그러한 광경은 가슴이 설렐 만큼 아름답게 펼쳐지지만, 거기에 정신이 팔렸다간 끝장이었다. 차원력이 가진 특성상 그것들에 노출되면 체력이나 마나 등이 급격히 떨어지기 때문이다. 그것은 마족이나 마물은 물론이요, 마왕들도 예외가 될 수 없었다. 하물며 인간인 라우벤과 로니안은 오죽하겠는가.

따라서 그와 같은 차원력의 악천후가 나타나는 경우에는 최대한 신속히 이동을 중지한 후 휴식을 취하는 게 현명했다.

"차원력의 악천후가 나타나면 곧바로 이 텐트를 펼칠 거야. 텐트 속에 있으면 차원력의 저주로부터 안전하거든."

"그 텐트 안으로는 차원력이 침범하지 못해요, 언니?"

"호호, 믿기지 않니? 이건 내가 오르덴들에게 아주 비싼 돈을 주고 구입한 특수 텐트야. 환야에서는 이 텐트를 수카라 불러."

"수카?"

"응, 수카는 차원력이 주는 무서운 저주를 막아주는 마력을 가지고 있단다."

루델은 자신의 아공간에서 커다란 텐트 하나를 꺼내 로니안에게 보여줬다. 텐트라 했지만 그 크기와 형태가 웬만한 집을 보는 듯했다. 속에 여러 개의 방이 존재했을 뿐 아니라 거실, 심지어 창고나 마구간도 있었던 것이다. 로니안의 두 눈이 커졌다.

"크기가 무슨 집처럼 크고 멋지네요?"

"호호, 하지만 이건 작은 편에 속해. 돈만 많으면 훨씬 좋은 것들을 살 수 있어."

"수카의 값이 꽤 비싼가 봐요?"

"말도 마. 이것만 해도 무려 1만 베카가 넘는걸. 넌 그 돈이 얼마나 큰돈인지 상상도 못 할 거야."

루델의 말을 듣는 로니안의 두 눈은 호기심으로 가득했다. 1만 베카가 어느 정도의 금액인지는 알지 못하지만 루델의 표정으로 볼 때 꽤나 큰 금액인 것은 분명해 보였다. 옆에서 듣고 있던 라우벤이 놀란 표정으로 말했다.

"그 수카가 없으면 환야로의 여행은 불가능하겠구나."

그러자 루델이 웃었다.

"호호, 그렇다고 불가능한 건 아니에요. 좀 고생스럽고 위험할 뿐이죠. 이런 수카를 아무나 가질 수는 없거든요."

"수카가 없으면 차원력의 저주라는 것에 그대로 노출된다고 했지 않으냐?"

"그래서 대부분 차원력의 악천후가 펼쳐지면 동굴이나 바위 밑과 같은 장소로 이동해 버티곤 해요. 그런 곳에 간다고 저주를 완전히 피할 수 있는 것은 아니지만 직접적으로 노출되는 것보단 낫거든요. 하지만 오라버니는 염려하지 마세요. 제가 이토록 멋진 수카를 가지고 있잖아요."

"그렇군. 루델 네 덕분에 편한 여행을 할 수 있겠구나."

라우벤은 미소 지었다. 로니안의 표정도 밝았다. 그런 그들을 보며 루델은 회심의 미소를 지었다. 눈치 빠르기가 여우보다 수십 배는 더 뛰어난 그녀는, 샤크가 없는 지난 하루 사이 라우벤 등에게 살살거리며 그들과 매우 친해진 터였다.

라우벤은 아름다운 외모를 지닌 루델이 오라버니라 부르자 흐뭇해했다. 또한 로니안은 루델을 언니라 부르며 따랐다.

루델이 라우벤을 오라버니라 부르는데, 로니안이 루델을 언니로 부른다면, 조부인 라우벤이 손녀 로니안의 오라버니가 되어야 하는 황당한 판이었다.

그러나 루델이 인간이 아닌 마족임을 알고 있는 그들로서는 그저 그러려니 했다. 마족에게 인간의 룰을 굳이 적용시켜 그에 따르게 한다는 것도 우스운 일이었고, 또한 라우벤과 로니안 역시 본래부터 그런 걸 시시콜콜히 따지는 성격도 아니었다.

그냥 라우벤은 루델이 오라버니라 부르니 신이 났고 로

니안은 예쁘고 상냥한 언니가 생겨서 좋았을 뿐이다. 물론 그들은 루델이 사악한 마왕 매릭으로부터 자신을 보호하기 하기 위해 그들에게 친절히 대한다는 것은 알지 못했다.

그렇다. 자존심 강한 최상급 마족인 루델이 뭐가 아쉬워서 인간인 라우벤을 오라버니라 불러야 하겠는가? 살아온 세월로 따지면 라우벤의 수백 배가 넘는데 말이다.

그러나 적이 멀리 있지 않고 가까이 있는 이상 자존심 따위는 문제가 아니었다. 승냥이처럼 뾰족한 눈빛을 한 채 언제 한 번 제대로 걸리라는 듯 그녀를 노리고 있는 매릭을 볼 때마다, 루델은 불안하기 짝이 없었다.

이른바 생존을 위한 은밀한 고투랄까? 안타깝게도 로드인 샤크는 이런 걸 일일이 배려해서 그녀를 보호해 줄 만큼 자상한 성격이 아니었다. 그녀 스스로 자신을 보호하기 위해서는 자존심 따위는 내팽개쳐야 했다.

그런데 의외로 라우벤 등과 친해지니 심심하지는 않았다. 그녀가 시종 수다를 떨어도 라우벤과 로니안은 흥미롭다는 듯 귀를 기울여 주었던 것이다.

사실 그럴 수밖에 없는 것이 루델의 입에서 나오는 내용은 라우벤 등이 거의 들어보지 못한 기괴한 것들이었다. 마족과 마물들에 대한 얘기부터 시작해서 환야의 차원 벌판에 문명을 구축했다는 오르덴 족에 대한 내용. 그뿐인가? 마왕과 용자에 대한 내용도 있었다. 그런 것들은 워낙 흥미진진한 내용이라 밤새워 들어도 질리지 않았다.

그러다 지금은 루델이 환야의 차원 벌판을 여행하는데 반드시 알아야 할 상식을 라우벤 등에게 설명해 주는 중이었다.

그때 막 샤크가 돌아왔고 그는 루델이 로니안 등에게 보여준 수카에 호기심을 보였다. 그로서는 지난 하루 동안 차원력이 가진 가공할 파괴력에 경악한 터였는데, 그와 같은 차원력의 저주를 막아주는 텐트 즉, 수카가 존재한다는 것이 무척 신기했던 것이다.

"그 수카라 불리는 텐트가 차원력의 저주를 모두 막아준다는 것이 사실이냐, 루델?"

"네, 로드."

"흠, 재질이 무엇이기에?"

샤크는 루델의 수카를 손으로 만지며 재질을 살펴봤다. 그러나 오르덴들이 만들었다는 수카의 재질은 샤크로서는 처음 보는 생소한 것이었다. 뭔가 특별한 주술이라도 깃들어진 것인가 살펴봤지만 그것도 알 수 없었다.

그때 멀리서 지켜보고 있던 매릭이 큭큭 웃으며 말했다.

"그따위 싸구려 저급 수카를 가지고 생색은! 로드, 지금은 없지만 제가 가진 수카는 웬만한 성 못지않은 화려한 크기였습니다."

"성이라고?"

"흐흐, 그렇습니다."

성을 방불케 하는 거대한 수카라! 역시 수카는 환야의 차원 벌판에서 신비한 문명을 구축한 오르덴들이 만든 마법 도구의 일종인 듯했다.

"그런 걸 만들다니 대단하군."

"그 멋진 수카가 사라져서 아쉬울 따름입니다."

매릭은 과거를 상기하며 의기양양한 표정을 지었다. 그러자 루델이 매릭을 향해 코웃음 치며 말했다.

"흥! 그 수카가 지금 있다면 모를까 과거에 있었던 게 뭐가 중요하죠?"

"뭐라고? 네가 감히!"

매릭의 인상이 일그러졌다. 사실 루델의 말이 틀린 것은 아니었다. 과거에 아무리 좋은 것이 있었던들 무엇 하는가? 지금 없다면 아무런 소용이 없는 것이다.

그러나 그는 한때 자신의 권속이었던 루델이 건방지게 자신의 말에 토를 다는 모습에 분개하지 않을 수 없었다.

게다가 더욱 분통이 터지는 건 그런 그의 살벌한 눈빛을 보고도 루델이 그다지 두려워하는 기색이 없다는 것!

그것은 바로 그녀의 든든한 우군들이 뒤에 있었기 때문이었다. 매릭이 루델을 노려보는 순간 라우벤과 로니안의 눈빛이 사나워졌기에 매릭은 움찔했다. 그때 샤크 또한 루델의 말에 동조했다.

"루델의 말이 맞다. 지금 없는 걸 말해 뭣 하느냐?"

"죄송합니다, 로드."

핀잔을 들은 매릭은 기가 죽어 뒤로 물러났다. 샤크는 루델의 수카를 잠시 살펴보다 문득 물었다.

"참, 식량 등은 충분히 챙겨 두었느냐?"

"네. 아공간에 잔뜩 넣어 두었죠."

아공간에서는 음식이 그대로 보존이 되어 상하지 않는다. 마왕인 샤크나 루델 등은 거의 먹지 않아도 생명을 유지하는 데 크게 지장이 없지만, 라우벤과 로니안은 하루에 두 끼 이상을 먹어줘야 했다. 따라서 루델은 그들을 위한 물과 식량 수십 년 치를 아공간에 넣어둔 터였다.

루델은 그녀의 아공간에 챙겨둔 물건들에 대해 샤크에게 꼼꼼히 보고했다. 물과 식량 외에도 장난감이나 체스, 카드와 같은 온갖 잡다한 것들이 들어 있었다. 그리고 언뜻 봐도 수천여 권은 됨직한 책들도 보였다.

"그 책들은 뭐냐?"

"클라우드 대륙의 유명한 작가들이 쓴 소설들이에요."

"소설?"

"후홋, 무료한 여행 중에 즐길 거리가 있어야 하지 않겠어요? 로드께서도 필요한 것이 있으면 언제든 말씀만 하세요."

"그렇게 하지. 어쨌든 이제 출발이다."

준비를 마쳤다면 더 이상 지체할 이유가 없으리라. 샤크는 일행과 함께 몽환의 우물 결계가 위치한 마물 숲으로 이동했다. 그곳엔 샤크의 충성스러운 최상급 마물 부하들인 카치카들이 철통같이 경계를 서고 있었다.

"쿠르르! 충!"

"충……! 로드를 뵙습니다."

카치카들은 샤크를 보자 일제히 머리를 바닥에 찍으며 오체투지의 자세를 취했다. 샤크는 고개를 끄덕이며 말했다.

"나는 잠시 여행을 떠날 것이다. 너희들은 내가 돌아올 때까지 이곳 결계를 지켜라."

"충!"

샤크에게 전수받은 혈왕마겁수를 익힌 카치카들의 개별 전투력은 웬만한 상급 마족 이상이었다. 게다가 그들이 칠마진을 펼치며 맞선다면 최상급 마족도 능히 상대할 정도였다. 그것은 이미 루델이 카치카들과 대치했을 때 샤크가 눈으로 확인했다.

그것이 20여 년 전의 일. 그 후로 카치카들의 전투력은 더욱 상승했던 것이다. 특히 카치카들의 우두머리인 쿠룬의 전투력은 웬만한 최상급 마족을 능가했다. 소마왕의 심장을 먹은 덕분이었다.

따라서 그런 카치카들이 지키고 있는 한 이곳은 마족이나 마물들이 대거 나타나도 안심이었다. 물론 마왕이나 정령왕 같은 존재가 나타난다면 어쩔 수 없겠지만 말이다.

그러나 설령 마왕이나 정령왕 등이 나타나 결계로 진입한다 해도 일루전 트레저들을 빼앗길 염려는 없었다. 그것들은 이미 샤크에게 영귀 귀속되어 있기에, 샤크가 남에게 그것들을 양보하거나 혹은 죽임을 당하거나 하지 않는 이상 영원히 샤크의 소유였다.

다만 그렇다 해도 결계로의 진입이 가능하다는 것은 클라우드 대륙에 매우 큰 재앙이 닥쳐올 수도 있음을 의미했다. 결계로 연결된 통로들을 통해 마왕이 클라우드 대륙에

현신해 그곳을 멸망시킬 수도 있으니까.

샤크로서는 부디 그런 일이 벌어지지 않기를 바랄 뿐이었다. 빼앗긴 결계야 나중에 얼마든지 다시 빼앗을 수 있지만, 그 사이 클라우드 대륙에 대재앙이 임하게 되는 것까지 막을 수는 없으니 말이다.

그렇다고 그런 일이 발생했을 때 클라우드 대륙을 지키기 위해 샤크가 이곳에 남아 있을 수도 없는 일. 그로서는 마물 크라케와 카치카들, 그리고 루델의 부하들인 상급 마족들을 이곳에 남겨두어 결계와 클라우드 대륙을 보호하게 하는 것이 최선이었다.

화아아아악!

잠시 후 결계의 틈을 통과할 때 발하는 찬란한 빛이 시야를 가렸다가 사라진 순간 샤크 일행은 울창한 수풀이 우거진 기이한 숲에 서 있었다. 클라우드 대륙에서는 본 적 없는 거대한 나무와 풀들을 비롯해 각종 기괴한 대형 곤충들이 득실거렸다. 이곳이 바로 마물 숲이었다.

쿠아아아아!

크크큭! 크카카카캇—!

사방에서 들려오는 온갖 괴악한 마물들의 포효에 라우벤

과 로니안의 표정은 긴장으로 굳어졌다. 그러나 그들을 제외한 샤크, 루델, 매릭은 마치 고향으로라도 돌아온 듯 편안한 표정이었다.

Chapter 7

블러디 윈드

잠시 마물 숲의 우거진 수풀 사이를 걸었을까? 매릭은 갑자기 근처를 지나가는 큼직한 전갈 형상의 마물이 보이자 불쑥 집어 입에 넣었다.

 으적으적! 짭짭!

 '흐흐, 오랜만에 먹어보는군.'

 곤충 마물의 맛은 기막혔다. 매릭은 순식간에 한 마리를 먹어치우고 입맛을 다셨다. 그러다 문득 힐끗 샤크의 눈치를 봤다. 다행히 샤크는 매릭이 곤충 마물을 잡아먹는 것으로 뭐라 하지는 않았다. 그는 매릭이 인간이나 그들의 영혼을 먹는 것만 아니면 신경 쓰지 않는 듯했다.

그러나 매릭의 상전은 샤크 만이 아니라는 것이 문제였다. 라우벤과 로니안은 매릭이 징그러운 곤충 마물을 입에 넣고 씹어대자 인상을 확 찌푸렸다.

'저런 걸 먹다니 역시 마왕이군.'

'으윽! 지저분한 마왕 같으니.'

로니안은 매릭의 외모가 비록 귀여운 소년의 형상이지만 그가 인간이 아닌 마왕인 이상 저런 짓을 충분히 하고도 남을 것을 알았다. 그래도 계속 지켜보자니 역겨워 견딜 수 없어 결국 채찍을 후려치고 말았다.

찰싹!

"크으윽! 왜 또 때리는 거야?"

먹을 때는 개도 건드리지 않는다 했다. 그런데 마왕인 그가 모처럼 맛있는 간식을 먹는데 채찍이 날아올 줄이야.

"흥! 어디서 그런 지저분한 걸 먹는 거야?"

"제길! 지저분하긴. 이 맛있는 게 뭐가 지저분해?"

"닥쳐! 한 번 더 그따위 걸 먹었다간 죽을 줄 알아!"

"크으!"

매릭은 울컥해서 상전이고 뭐고 없다는 듯 눈을 부라렸지만 그래 봤자 그를 기다리는 것은 매서운 채찍뿐이었다. 심지어 잠자코 있던 라우벤조차 채찍을 날려대니 매릭은 이내 풀이 죽어 한쪽에 웅크리고 있어야 했다.

'쩝!'

그 모습을 본 루델은 속으로 쓴웃음을 지었다. 사실 그녀 또한 모처럼 곤충 마물들을 보자 입맛이 돌아 하나 잡아먹으려던 참이었다. 그러나 라우벤과 로니안의 반응을 보고는 참기로 했다. 인간인 그들과 친해지려면 인간들이 혐오하는 일은 하지 말아야 하니까.

한편 샤크 또한 그 장면을 보고 잠시 멍해졌다. 곤충 마물은 그에게도 아주 맛좋은 간식거리였다. 실제로 그는 예전 마물 숲에 있을 때 수시로 그것들을 잡아먹으며 체력을 보충하기도 했던 것이다.

따라서 그 역시 매릭이 맛있게 곤충 마물을 잡아먹는 장면을 보고 입맛이 돌지 않을 수 없었다. 그러나 그 모습을 보고 질색하는 라우벤과 로니안을 보고는 참기로 했다.

그것은 일종의 배려라 할 수 있었다. 그는 마왕이나 마족 부하들에게는 배려 따위를 거의 하지 않지만, 인간들에게는 유독 관대한 면이 있었다. 물론 그렇다고 해서 그가 곤충 마물을 먹지 않겠다는 것은 아니었다.

'저 녀석들이 보지 않는 곳에서 먹어야겠군.'

라우벤 등이 눈치채지 못하게 샤크는 아공간으로 적지

않은 곤충 마물들을 잡아넣었다. 물론 각종 마물 야채들도 잔뜩 챙겨 두는 것을 잊지 않았다.

그것은 루델과 매릭도 마찬가지였다. 먹을 것이 풍성한 이곳 마물 숲을 떠나 황무지의 벌판으로 나가면 입이 심심해질 때가 많을 것이다. 그때를 대비해 그들은 각자의 아공간에 먹을거리를 잔뜩 챙겨 두고 있었다.

물론 단순히 간식거리로 챙기는 샤크와 달리 루델과 매릭은 각자 꿍꿍이가 있었다.

'호호! 이게 여기선 흔해 보여도 다른 데선 꽤 귀한 것들이지.'

'흐흐! 오르덴 녀석들에게 팔면 제법 돈을 받을 수 있겠군. 그렇지 않아도 돈이 없는데 잘됐어. 잔뜩 챙겨 둬야지.'

슥. 스스슥.

그렇게 그들이 있는 중심으로 일정 반경 안의 곤충 마물들과 마물 야채들이 숲에서 빠른 속도로 사라지기 시작했다. 간혹 샤크가 노리던 것을 매릭과 루델이 눈독을 들이다 샤크의 차가운 눈총을 받고 물러나기도 했다.

그렇게 은밀히 보이지 않는 전쟁이 벌어지고 있었지만 라우벤과 로니안은 기괴한 마물 숲의 정경을 구경하느라 그런 일이 벌어지고 있음은 전혀 알지 못했다. 오히려 그들은 더 이상 주변에 징그러운 마물 곤충들이 보이지 않아 기분이 유쾌해진 상태였다.

쿵쿵쿵—

그런데 그때 지진이라도 난 듯 지축이 울리며 뭔가가 달려왔다.

"쿠르르! 로드!"

바람처럼 달려온 이는 다름 아닌 카치카 쿠룬이었다. 소마왕의 심장을 먹은 덕분에 다른 카치카들보다 월등한 전투력을 지닌 쿠룬은 샤크로부터 이곳 마물 숲에 있는 결계를 지키라는 책무를 받은 터였다.

"무슨 일이냐, 쿠룬?"

샤크는 결계를 지키고 있어야 할 쿠룬이 무엇 때문에 자신을 따라왔는지 의아했다. 쿠룬은 어색하게 웃으며 말했다.

"케헤헤! 실은 그동안 저희들이 로드를 위해 만들어 둔 것이 있는데 갑자기 떠나셔서 깜빡했습니다. 여행 중에 입이 심심하실 텐데 그땐 이걸 드시면 좋을 겁니다."

그러고 보니 쿠룬은 등에 뭔가를 잔뜩 짊어지고 있었다. 언뜻 봐서는 무슨 시커먼 나뭇가지들을 묶어 놓은 것 같았는데, 이어지는 쿠룬의 설명을 듣고서야 샤크는 그것이 카치카들이 만든 마물 과자 비슷한 것임을 알 수 있었다.

"꿀꺽! 이게 모양은 좀 그렇지만 맛은 기막힙니다요. 맛좋은 마물들로만 골라 만들었거든요."

"흠."

샤크는 카치카들이 생각보다 영리한 구석이 있다는 것을 알았지만 설마 요리까지 개발했을 줄은 몰랐다. 먹어보지는 않았지만, 향기로 느껴지는 걸 볼 때 꽤 훌륭한 맛일 것임이 분명했다.

'제법 향신료까지 적절히 배합한 것 같군.'

샤크는 생각 같아서는 당장에라도 하나 집어 먹어보고 싶었지만 참았다. 마물로 만든 요리라는 말에 라우벤과 로니안의 표정이 딱딱하게 굳어졌기 때문이었다. 그들은 설마 샤크가 그런 것을 받아먹을까 우려스러운 듯 초조한 눈빛으로 그를 쳐다봤다.

'어쩔 수 없지.'

샤크는 속으로 쓴웃음을 짓고는 이내 쿠룬을 향해 짐짓 성난 표정을 지었다.

"쿠룬! 누가 이런 걸 가져오라고 했느냐?"

"예엣?"

쿠룬은 마땅히 칭찬받을 줄 알고 가져왔던 요리에 샤크가 성을 내자 어쩔 줄 몰라 고개를 갸웃했다. 그런데 샤크는 더욱 화난 표정으로 말했다.

"냉큼 따라와라. 가만두지 않겠다."

"예, 로드……!"

샤크의 호통에 쿠룬은 풀 죽은 표정으로 고개를 숙인 채로 따라갔다. 라우벤과 로니안은 그러면 그렇지 하며 안색이 밝아졌다. 반면에 루델과 매릭은 저 좋은 걸 받아 놓고 샤크가 화를 내는 이유를 도통 이해할 수가 없다는 표정이었다.

한편 샤크는 라우벤 등의 시야에서 보이지 않을 때까지 걷다가 비로소 쿠룬을 향해 부드러운 미소를 지었다.

"험! 뭐 이런 걸 다 만들었느냐? 아무튼 수고 많았다."

잔뜩 혼날 줄 알고 따라왔던 쿠룬은 샤크가 칭찬을 해 주자 입이 귀에 걸렸다.

"쿠르르! 케케케! 다음에는 더 많이 만들어 놓겠습니다."

"좋아. 기대하겠다."

샤크는 아공간에다 그것들을 집어넣으며 그중 하나는 살짝 입에 넣어 맛을 보았다.

'오!'

블러디 윈드 163

과연 끝내주는 맛이었다. 마물을 그냥 생으로 씹어 먹을 때와는 차원이 달랐던 것이다. 어떻게 투박한 카치카들의 손에서 이토록 멋진 요리가 탄생할 수 있는지 신기할 지경이었다.

"후후! 정말 훌륭한 맛이구나."

그렇게 샤크의 표정에 흐뭇한 미소가 걸리는 모습을 본 쿠룬은 신이 나서 돌아갔다. 그러나 샤크는 다시 무뚝뚝한 표정으로 라우벤 등이 있는 곳으로 돌아왔다.

"루델! 이제 마물 숲을 떠나 오르덴들의 도시가 있는 곳으로 가도록 하자."

"예, 로드."

그의 표정에서 살벌한 냉기가 풍기는 것을 본 라우벤 등은 그가 카치카들을 단단히 혼내주고 왔다 생각했다. 그러나 매릭은 뭔가 의심스러운 눈초리였다.

'그 좋은 걸 절대 버릴 리가 없지. 쳇! 치사하군.'

매릭은 샤크가 혼자 먹으려고 짐짓 싫은 척을 했을 것이라 확신했다. 그러나 그런 걸 눈치채도 아는 척을 했다간 좋을 것이 없었다. 권속이자 종에 불과한 그가 로드에게 토를 달아봤자 돌아오는 것은 뻔할 테니 말이다.

그때 루델의 뒤를 따라 걷던 샤크가 물었다.

"루델! 이 속도로 느릿느릿 걷는다면 오르덴의 도시인 트라구다까지 얼마나 걸리겠느냐?"

루델은 즉시 대답했다.

"지금 속도라면 오르덴들의 시간으로 대략 1천 디에스, 클라우드 대륙의 시간으로 따지면 대충 1만 일 정도 되겠네요. 물론 이는 차원력의 기상 악화로 인한 휴식을 대략적으로만 고려한 시간이라 중간에 변수가 생길 수도 있어요."

그 말에 라우벤과 로니안의 입이 쩍 벌어졌다. 클라우드 대륙의 시간으로 1만 일이라면 무려 27년이 넘는 기간인 것이다. 라우벤이 놀라 물었다.

"가장 가까운 도시가 그만큼 멀리 떨어져 있단 말이냐?"

"멀긴요, 오라버니. 그 정도면 환야에서 매우 가까운 거리라고요. 참고로 또 다른 오르덴의 도시인 이네르티아는 클라우드 대륙의 시간으로 대략 70년 정도 걸어야 도달할 수 있어요."

루델이 호들갑을 떨었지만 라우벤과 로니안의 표정은 무겁기만 했다. 이대로라면 그 오르덴의 도시까지 왕복하는 데만 54년이 넘는 세월이 흘러갈 것이다.

문제는 오르덴의 도시로 간다고 저주가 풀리는 것이 아

니라는 것! 그곳에서 성녀가 있다는 세계의 좌표를 알아내 이동하는데 또 얼마의 시간이 걸릴지 알 수 없는 것이다.

'허! 어쩌면 평생 이 꼴로 지내야 할지도 모른다는 로드의 말씀이 틀리지 않구나.'

라우벤은 속으로 탄식했다. 그러나 손녀 로니안이 실망할까 봐 짐짓 겉으로는 아무렇지도 않은 기색을 했다.

"여행을 즐기며 가다보면 시간은 금세 지날 거다, 로니안."

그런데 사실 그가 굳이 그렇게 하지 않아도 되었다. 로니안은 나이답지 않게 속이 깊은 터라 상황이 어떻게 흘러가는지 충분히 짐작했던 것이다. 그녀 역시 어쩌면 자신의 수명이 다할 때까지 저주를 풀지 못할 수도 있음을 각오한 터였다. 그래서 아무렇지도 않은 듯 호호 웃으며 대답했다.

"볼 것도 많은데 심심하진 않겠어요."

그렇게 씩씩하게 대답하는 로니안이 대견스러운지 라우벤은 흐뭇한 표정을 지었다. 그때 샤크가 픽 웃으며 말했다.

"트라구다까지 27년씩이나 걸릴 일은 없으니 염려들 마라. 내가 물어본 건 지금 속도로 걸었을 때의 시간이었으니까. 뭐 그 먼 곳을 굳이 걸어서 이동하겠다고 고집한다면 말리지는 않겠다만."

 그 말에 라우벤 등의 안색이 환해졌다. 그러고 보니 샤크는 걸어서 이동할 때의 시간을 물어봤고, 루델은 그에 따른 시간을 계산에 대답한 것이 분명했다. 라우벤은 즉시 물었다.

 "그럼 어디서 말이라도 구해 타고 간다면 시간을 대폭 단축할 수 있다는 뜻입니까?"

 그러자 루델이 대답했다.

 "그야 물론이죠. 다만 환야의 벌판에선 보통의 말은 이동할 수 없어요. 금세 지쳐버릴 테니까."

 "그럼 어떤 말을 타야 하는데?"

 "중급 마물 중에 블러디 윈드라는 녀석들이 있는데 전투력은 평범하지만 체력은 아주 뛰어나요. 그 녀석들은 환야의 벌판을 종일 달려도 쉽게 지치지 않죠."

 "블러디 윈드?"

 "네, 그 녀석들을 타고 이동하면 트라구다까지 18디에스, 클라우드 대륙의 시간으로 대략 6개월 정도 걸리겠군요."

 "오!"

 시간이 27년에서 6개월로 단축된다니, 그것만으로도 라우벤과 로니안은 날아갈 것 같은 기분이었다. 6개월도 짧은 시간은 아니었지만 27년에 비하면 잠시에 불과할 것이다.

그런데 그때 로니안이 문득 뭔가 이해가 안 된다는 듯한 표정으로 물었다.

"언니, 그냥 마법진을 그려 공간이동을 하거나 그게 힘들면 플라이 마법을 펼쳐 날아가는 게 더 빠르지 않겠어요?"

이는 로니안이 생각할 때 당연한 의문이었다. 그녀는 루델이 최상급 마족으로 매우 뛰어난 능력을 지니고 있을 뿐 아니라 웬만한 마법들은 장난처럼 펼칠 수 있다고 말한 것을 들었기 때문이다. 하물며 그녀와 비할 수 없이 강한 샤크의 능력이라면? 순간 루델이 어깨를 으쓱하며 대답했다.

"내가 미처 설명을 안 했구나. 만일 클라우드 대륙과 같은 소세계에서라면 네가 말한 대로 이동이 가능하지만, 환야의 벌판에서는 상공에 가득한 차원력으로 인해 그 어떤 공간이동 마법도 효력을 발휘하지 못해. 플라이 마법 같은 걸 펼친다 해도 순식간에 마나가 소진되어 버리거든."

그녀의 말대로 환야의 벌판에서는 공간이동 마법진 따위는 전혀 먹히지 않는다. 따라서 환야의 벌판을 이동하는 방식은 걷거나 뛰거나 혹은 뭔가 쓸 만한 탑승 마물을 타고 이동하는 수밖에 없었다.

물론 예외는 당연히 존재했다. 선천마기를 가진 마왕들의 경우는 차원력에 상당한 저항력이 존재하기에 상대적으로 강력한 마법을 구사할 수 있으니 말이다.

심지어 마왕들은 날개를 펼쳐 질주비행도 가능했다. 물론 그와 같은 일은 선천마기가 극도로 소모되기에 위급한 상황이 아니면 좀처럼 질주비행을 하는 일은 없었다.

그러나 아무리 마왕들이라 해도 환야의 벌판에서 공간이동은 불가능했다. 그런 일을 시도했다간 차원력의 거센 저항에 막혀 처참히 뭉개져 버리고 말 테니까. 설령 운 좋게 무사하다 해도 애초 목표했던 좌표가 아닌 전혀 엉뚱한 좌표로 날아가 차원의 미아로 전락할 가능성이 높았다.

다만 아주 예외적으로 공간이동이 가능한 경우가 몇 있는데, 그중의 하나가 바로 환야의 세계에서 기이한 보물들로 통하는 일루전 트레저의 연결된 통로로 이동하는 것이었다. 이는 샤크가 이미 활용하고 있었다.

"마법이 전혀 쓸모없다니 허무하네요."

"호호! 그래도 전투 시에는 제법 유용하니 틈틈이 배워두면 좋을 거야. 또한 간혹 차원력의 기운이 거의 미치지 않는 일명 무풍지대라는 곳들이 생겨나는데, 그곳에선 마음껏 마법을 펼쳐도 돼. 그런 곳엔 지나가는 여행객들을 노리는 라트로들이 대거 포진해 있는 경우가 많아서 원하지 않아도 싸움을 벌여야 하거든."

"라트로가 뭐죠?"

"흠, 대충 산적이나 강도라고 말하면 이해가 쉽겠구나. 물론 그들의 능력은 천차만별이야. 허접한 마물 녀석들이나 하급 마족들이 간 크게 라트로 짓을 하는 경우가 대부분이지만 간혹 최상급 마족이나 로아탄, 심지어 마왕이나 용자들 중에도 라트로가 있어."

"세상에! 용자가 강도짓을 한다고요?"

"홋, 네가 몰라서 그래. 용자라고 다 착한 건 아니야. 겉으로는 정의로워 보이지만 속으로는 썩어 있는 위선자들도 많거든. 특히 타락한 용자들은 웬만한 마왕들보다 더 악질이지. 그들을 만나면 아주 골치 아프지만 걱정할 건 없어. 우리에겐 로드가 있잖아."

"그렇군요."

로니안은 신기하다는 듯 두 눈을 빛냈다. 환야의 세계에 대한 내용은 들을수록 새로웠던 것이다.

한편 그때까지 루델의 말을 묵묵히 듣고 있던 샤크는 힐끗 매릭을 쳐다봤다. 매릭은 샤크의 눈초리가 심상치 않자 움찔했다. 특히 샤크의 입가에는 뭔가 의미심장한 미소도 맺혀 있어서 더욱 불안했다.

아니나 다를까, 샤크가 삭막한 눈빛을 번뜩이며 말했다.

"매릭! 이제 스스로 말한 것을 이행하도록 해라."

"스스로 말한 것이라니요?"

매릭은 무슨 말이냐는 듯 눈을 크게 떴다. 그러자 샤크가 팔짱을 끼며 그를 쏘아봤다.

"설마 잡아뗄 생각이냐? 네놈 스스로 나의 군마가 되어 영원히 충성을 바치겠다고 한 것 같은데 말이야."

"크으!"

순간 매릭의 인상이 처참하게 일그러졌다. 샤크의 말대로 그는 분명 그런 맹약을 했다. 내기에서 지게 되면 샤크의 군마가 되어 충성을 바치겠다고! 그것도 영원히 말이다.

'미치겠구나. 내가 왜 하필 그따위 빌어먹을 맹약을 했다는 말인가?'

하지만 누구를 원망하겠는가? 그것은 그 스스로 자초한 것이었으니! 그는 이내 울상을 지으며 샤크를 쳐다봤다. 그 사이 샤크는 루델을 향해 지시를 내리고 있었다.

"루델, 튼튼한 군마는 준비되었으니 마차를 꺼내라."

장거리 여행을 위해 마차는 필수였다. 샤크는 설마 루델이 그런 것도 준비를 하지 않았으리란 생각은 하지 않았다. 과연 루델은 고개를 끄덕이더니 그녀의 아공간에서 뭔가를 꺼냈다. 그것은 다름 아닌 수카였다.

"로드! 따로 마차는 필요 없고 이 수카면 충분해요. 마차로도 얼마든지 변형할 수 있거든요."

그 말이 끝나는 순간 수카는 큼직한 텐트 형상에서 바퀴가 달린 큼직한 마차로 바뀌었다.

"호홋, 이 수카 마차로 이동하면 좋은 점이 차원력의 저주로부터 몸을 보호할 수가 있어요. 그만큼 체력 유지에 도움이 되죠."

"여러모로 쓸만하구나."

샤크는 흡족한 듯 미소를 지었다. 그러다 그는 힐끗 고개를 돌려 매릭을 노려봤다.

"너는 마차가 생겼는데 빨리 변신하지 않고 뭐 하느냐?"

"그, 그건 좀……."

매릭은 죽을 지경이었다. 로드와 두 인간 상전은 그렇다 치자. 한때 자신의 권속이었던 루델도 마차에 타는데, 자신은 말이 되어 마차를 끌어야 한단 말인가?

'이건 말도 안 된다.'

더욱이 지금 상황에서 길잡이는 루델이었다. 특히 오르덴들의 측정기를 가지고 있는 이상 마부석은 그녀의 차지가 될 것이다. 매릭은 그녀가 지시하는 방향으로 미친 듯 달려야 할 테고 말이다.

게다가 더욱 크나큰 불행은 그녀의 옆에 로니안이 있다는 것! 루델이 눈치를 주면 그녀는 매릭을 향해 채찍을 사정없이 날릴 것이 틀림없었다. 시도 때도 없이!

마왕인 그가 말로 변해 마차를 끌고 마족인 루델이 마부가 되어 채찍을 휘두른다? 그것도 단기간에 끝날 일이 아니었다.

'크으윽! 절대 그렇게는 안 돼!'

매릭은 차라리 혀를 깨물고 죽을망정 그런 모욕적인 상황을 버틸 수는 없었다. 물론 그가 혀를 깨문다고 죽을 일은 없지만, 심정이 그렇다는 얘기였다.

"뭘 망설이고 있는 것이냐? 어서 말로 변신해 마차를 끌지 못하느냐?"

다시 샤크의 싸늘한 음성이 그의 귓전을 때렸다. 어쩔 수 없이 그는 울상을 지으며 사정했다.

"로드, 부탁이니 그것만은 좀……."

"그럼 이 중에 너 말고 누가 마차를 끌란 말이냐?"

"그건 잠깐만 기다려 주시면 금세 대령시키겠습니다."

곧바로 매릭의 신형이 바람처럼 마물 숲을 누볐다. 그야말로 눈 깜짝할 순간이었는데, 놀랍게도 피처럼 붉은 털을 가진 거대한 말들이 여덟 마리나 나타났다.

히힝! 히히히힝!

갑자기 끌려온 말들은 이미 매릭의 권속이 된 터였다. 매릭은 해죽 웃었다.

"보시다시피 중급 마물들인 블러디 윈드들입니다. 튼튼한 녀석들로 골라왔으니 마차를 끄는 데 지장이 없을 겁니다."

"흠."

샤크는 살짝 인상을 찌푸렸다. 쥐도 너무 궁지에 몰리면 이빨을 드러낸다 했다. 물론 매릭이 이빨을 드러내 봤자 샤크에게는 가소로운 일이었지만, 그래도 매릭이 워낙 죽을상을 쓰고 사정을 하는 터라 한 번쯤 그의 말을 들어줄 필요도 있었다.

"좋다. 그렇다면 그 말들을 잘 관리해서 이동에 지장이 없도록 해라. 혹시라도 여행 중 말들이 죽게 되면 그때는 네가 마차를 끌어야 할 것이다."

"헤헷! 그건 염려 마십시오, 로드."

매릭은 살았다는 듯 안색이 환해졌다. 이로써 그는 마차를 끄는 말이 되어야 하는 신세에서는 벗어날 수 있게 되었다. 대신 거친 환야의 벌판에서 블러디 윈드들이 죽지 않게 관리해야 하는 번거로운 책무를 맡았지만, 말이 되는 것보다는 그게 백 배 나았다.

"그럼 출발해라."

"예, 로드!"

 잠시 후 여덟 마리의 블러디 윈드들이 끄는 마차가 마물 숲을 떠나 환야의 벌판으로 나아갔다. 매릭은 마부석에 앉아 블러디 윈드들을 조종했고, 샤크 등은 마차 안에 앉아 창을 통해 밖의 정경을 느긋하게 감상했다.

"이럇!"

두두두두! 두두두두!

 블러디 윈드들의 속도는 말 그대로 바람과 같았다. 거친 황무지와 같은 환야의 벌판을 가볍게 내달렸다. 특이한 건 이 경우 마차가 심하게 흔들려야 정상이겠지만 마치 구름이라도 탄 듯 부드럽게 이동했다. 그것이 바로 전천후 이동형 저택인 수카가 가진 신묘한 기능이었다.

 그러한 수카가 변형된 형태다 보니 마차는 2층 구조로 내부가 매우 넓었다. 1층은 거실을 연상케 하는 큼직한 대청과 식당, 짐칸, 용변 등을 위한 특별칸 등으로 나뉘었고, 2층은 무려 십여 칸의 객실로 나뉘었다. 그중 가장 큰 객실인 특실은 당연히 샤크가 사용하기로 했다.

물론 그건 잠을 자거나 각자의 시간을 가질 때의 얘기였고 지금은 매릭을 제외한 모두가 대청에 모여 있었다. 어느새 화사한 메이드 복장으로 갈아입은 루델은 준비해 뒀던 클라우드 대륙의 과자와 케이크, 음료들을 몇 개 아공간에서 꺼내 테이블 위에 올려놓았다.

"호호! 모두 드세요. 여행에 간식이 빠지면 안 되죠."

"오! 언제 이런 걸 다?"

"어머! 과일 주스도 있네요."

라우벤은 초콜릿을 잔뜩 묻힌 과자를 입에 넣으며 흡족해했고, 로니안은 상큼한 딸기 주스를 마시며 환한 미소를 지었다. 샤크는 부드러운 생크림 케익을 포크로 찍어 입에 넣었다.

"로드, 그건 생크림이 신선하게 살아 있는 케이크라 입에서 살살 녹을걸요. 보관이 잘되어서 금방 만든 것과 다름없죠."

"그런 것 같구나."

"호호! 또 필요한 게 있으면 말씀만 해 주세요. 재료도 잔뜩 있으니 즉석요리도 가능하답니다."

그러다 그녀는 마부석에서 대청 쪽을 힐끔거리는 매릭과 눈이 마주쳤다. 매릭이 왜 나는 안주냐는 듯한 표정으로 험상궂게 노려보자 루델은 어림도 없다는 듯 코웃음 치며 고개를 돌려버렸다. 매릭의 인상이 구겨졌다.

'크으, 망할 년! 그따위 음식은 줘도 안 먹는다.'

매릭은 어차피 루델이 꺼내놓은 인간들의 음식에는 별 관심이 없었다. 특히 그보다 훨씬 맛있는 곤충 마물 간식들이 그의 아공간에 잔뜩 있으니 아쉬울 것도 없었다. 다만 여기서 그걸 꺼내먹었다간 분명 로니안이나 라우벤이 채찍을 날릴 터라 자제하고 있을 뿐이었다.

그래도 뭔가 기분이 좀 그랬다. 일행 중 자신만 왠지 왕따를 당하고 있는 것 같아서였다. 하긴 자신이 벌인 일을 생각해 보니 당연하긴 했지만, 아무리 그래도 먹는 것에서 이런 식으로 소외시키는 건 좀 치사했다.

그래도 어쩌겠는가. 더럽고 치사했지만 토를 달수도 없는 형편임을. 마왕으로서의 찬란했던 시절은 아득한 과거일 뿐 현실은 샤크의 권속이자 종에 불과했으니! 매릭은 살기 위해서 현실에 충실해야 했다.

"이럇! 어서 달리지 못하느냐, 이 느림보들아!"

그나마 그가 화풀이를 할 대상은 있었다. 애꿎은 블러디 윈드들은 매릭에게 구박을 당하며 미친 듯 환야의 벌판을 내달렸다.

Chapter 8

차원력의 이상 기후

두두두! 두두두두!

여덟 마리의 블러디 윈드들이 이끄는 수카 마차가 광활한 환야의 거친 벌판을 힘차게 가로질렀다.

사실 온갖 기괴한 지형들이 끝없이 펼쳐진 환야의 벌판을 마차로 이동하는 것은 쉬운 일이 아니었다. 말들을 제대로 조종하지 않으면 아득한 무저갱과 같은 절벽 아래로 추락하거나, 혹은 자연적으로 형성된 거대한 미로에 갇혀 헤맬 위험도 있었다.

따라서 마부는 매와 같은 눈으로 지형을 훑어야 하며 동시에 마차가 목표하는 방향으로 바르게 가고 있는지도 살펴야 했다. 환야에서의 이동은 경험 있는 마부라도 바싹 긴장하지 않을 수 없었다.

다행히 샤크 일행이 타고 있는 수카의 마부는 매릭이었다. 그는 환야의 벌판을 누비는 데는 이력이 난 터라 눈을 감고도 마차를 조종할 수 있었다.

어쩌다 보니 일행의 가장 아랫것 신세가 되어 마차나 몰고 있지만 그의 정체가 무엇이었던가? 그는 마왕이었다. 작정하면 차원력이 가득한 상공을 휘저으며 한동안 질주비행도 할 수 있는 가공할 존재인 것이다.

따라서 그 어떤 험한 지형도 그 앞에서는 평지나 다름없었다. 절벽이 앞을 가로막으면 마차를 훌쩍 도약시켜 건너뛰었고, 그보다 더욱 험한 지대가 나타나면 아예 날아올라 비행을 하기도 하는 등 이동은 매우 순탄했다. 그로 인해 마족 루델은 신이나 미칠 지경이었다.

'훗, 마족인 내가 마왕이 조종하는 수카를 타보다니. 이런 호강은 그 어떤 마족도 해 보지 못했을 거야.'

그녀는 라우벤 등과 친해진 덕분에 매우 편하게 여행을 하고 있었다. 그렇지 않았다면 매릭의 옆에서 온갖 구박을 받으며 잡일을 해야 했을 것이다.

샤크 또한 루델로 인해 라우벤과 로니안이 유쾌해하자

흐뭇해했다. 그렇게 마차 안의 분위기는 매우 훈훈했지만, 마부석에서 말을 조종하는 매릭은 시종 똥 씹은 표정이었다.

'썅! 빌어먹을!'

마왕이 이렇게 개똥 취급받는 곳은 환야의 세계 그 어디에도 없을 것이다. 심지어 마왕을 못 잡아먹어 안달인 용자들이라 해도 마왕을 자신의 대적으로 인정은 해 주지 않던가. 대체 마부가 웬 말이란 말이더냐?

'염병할 놈! 젠장할 놈! 씹어 먹을 놈! 말아 먹을 놈!'

그러나 어쩌겠는가? 불만을 표출해봤자 돌아오는 건 무참한 매질이었다. 그것도 마왕인 그를 미쳐 죽고 싶게 만들 만큼 끔찍한 고통이 담긴 채찍질이었으니! 그런 저주받은 물건들을 하찮은 인간들에게 준 샤크가 더욱 원망스러웠다.

'똥물에 튀겨 죽일 놈! 아삭아삭 갈아 마실 놈! 갈가리 찢어 죽일 놈……!'

매릭은 속으로 그가 아는 모든 저주를 샤크를 향해 퍼부으며 시간을 보냈다. 그나마 그것이 무료함을 달랠 수 있는 유일한 놀이였으니까.

그러나 그 또한 오래갈 수는 없었다. 샤크가 돌연 섬뜩한 눈빛으로 그를 노려보며 한소리 했던 것이다.

"매릭! 뭔가 불손한 기운이 마부석에서 느껴지는구나."

순간 매릭은 흠칫했다.

"불손한 기운이라니요. 그럴 리가요, 로드?"

"틀림없어. 너 속으로 내 욕하고 있었지?"

순간 매릭은 깜짝 놀랐다. 어떻게 이토록 눈치가 빠르단 말인가? 그야말로 치가 떨릴 지경이었다. 그 사이 샤크의 인상은 더욱 험악해졌다.

"솔직히 말해라. 분명 속으로 내 욕했지 않으냐?"

"하하, 제가 어찌 로드를 욕할 수 있겠습니까? 절대 그런 일 없습니다."

매릭은 시치미를 뚝 뗐다. 솔직히 말한다고 용서를 해 줄 샤크가 아님을 누구보다 잘 알고 있는 그였다. 이럴 때는 잡아떼는 것 외에 무슨 방법이 있겠는가? 그때 샤크는 여전히 미심쩍은 눈빛을 거두지 않고 말했다.

"처음이니 한 번은 그냥 넘어가도록 하지. 하지만 또 한 번 그쪽에서 불손한 기운이 느껴지면 가만두지 않겠다."

그 말을 듣는 순간 매릭은 등골이 서늘했다. 샤크가 마치 자신의 내심을 훤히 읽고 있는 듯한 느낌을 받았던 것이다.

아무리 마왕이라 해도 남의 속마음을 읽는 것은 불가능

하다. 하물며 마왕인 매릭의 속마음이 읽힌다는 것은 더더욱! 그런데 샤크는 그런 것조차 가능한 괴물인 것일까?

'제기랄! 욕도 마음대로 못 하겠네.'

겁이 난 매릭은 더 이상 저주를 퍼붓지 않았다. 혹시라도 자신도 모르게 욕을 떠올릴까 봐 일부러 다른 생각을 하느라 애를 쓸 정도였다.

사실 샤크는 그저 지레짐작으로 떠보며 으름장을 놓았을 뿐 매릭이 속으로 무슨 생각을 했는지는 몰랐다. 그러나 이렇게 한 번씩 떠보는 것이 매릭을 꼼짝 못 하게 만든다는 것임은 잘 알았다.

스스로 알아서 기도록 만드는 것! 그것이 바로 그의 기막힌 용하술이었다. 그 앞에는 매릭 같은 마왕도 별수 없었다.

두두두— 두두두두—

마차가 마물 숲을 떠난 이후 시간이 얼마나 흘렀을까? 환야의 벌판에서는 주야가 바뀌는 현상이 없기에 멍하니 있으면 시간의 흐름을 전혀 느낄 수 없었다. 라우벤과 로니안은 그저 본능대로 졸리면 자고 배가 고프면 뭔가를 먹고 있을 뿐 시간의 흐름을 잊어버린 터였다.

그러나 오르덴들은 특별한 그들만의 방식을 통해 시간의 흐름을 측정하는 도구를 만들었다. 루델이 가지고 있는 디에스 측정기가 바로 그것이었다. 그녀는 왼 손목에 팔찌처럼 차고 있는 그 측정기를 로니안에게 자랑하듯 보여주었다.

츠웃.

루델이 측정기에 마나를 슬쩍 주입하자 투명한 입체 지도 비슷한 것이 나타났다. 놀랍게도 그 지도에는 거대한 지형이 축소되어 보일 뿐 아니라 마물 숲의 위치와 마차가 향하고 있는 오르덴의 도시인 트라구다의 위치까지 표시되어 반짝이고 있었다.

"여기가 마물 숲이고, 여기가 우리의 목표지인 트라구다야. 우린 여기에 있어. 그리고 아래 2디에스라 적혀 있는데, 이건 우리가 마물 숲을 떠난 지 그만큼의 시간이 지났다는 뜻이야."

2디에스는 클라우드 대륙의 시간으로 대략 20일 정도의 기간이었다. 이 속도라면 트라구다까지는 16디에스 즉, 160일 정도면 도착할 수 있었다. 그렇게 루델이 친절하게 입체 지도를 보는 설명해 주자 로니안은 흥미진진한 눈빛으로 고개를 끄덕였다.

"와아! 이런 걸 만들다니 오르덴들은 정말 대단하네요."

"뭐 대단하다기보다 돈독에 올랐을 뿐이겠지."

"독독에 올라요?"

"이런 걸 만들어야 잘 팔릴 거고 그래야 돈을 쓸어 담을 수 있잖아. 흥! 그놈들은 오직 돈밖에 몰라. 모든 걸 돈으로 판단해. 그들의 도시에서는 마왕이나 용자라 해도 돈이 없으면 거지 취급을 받고 하찮은 마물이라 해도 돈이 많으면 왕 대접을 받곤 해."

"그건 인간들이 사는 세계랑 비슷하네요. 클라우드 대륙의 인간들도 대부분 돈독에 올라 있거든요. 왕이건 귀족이건 누구든 많은 돈을 소유하려고 하죠."

루델이 고개를 끄덕였다.

"오르덴들은 여러 면으로 인간들과 아주 많이 닮았어. 그 누구든 그들의 도시에 들어갈 때는 반드시 인간이나 이종족의 모습을 해야 한다는 룰도 있을 정도야."

"왜 그런 룰을 만든 거죠?"

"나도 몰라. 그들은 아득한 고대부터 그렇게 해 왔으니까. 어쩌면 그들도 왜 그런 룰이 생겨났는지 모르고 있을 걸."

그러자 로니안의 두 눈이 호기심으로 반짝였다.

"혹시 그들은 인간들이 아닐까요?"

"풋! 그건 말도 안 되는 소리야."

"왜 말이 안 돼요?"

"보면 알아. 그들은 외모만 인간의 모습일 뿐 인간과 전혀 다른 육체를 가지고 있으니까. 게다가 인간과는 비할 수 없이 수명이 길어. 따라서 마물이나 정령과 비슷한 존재라고 보는 게 차라리 정확할 거야."

"특이한 종족이군요."

"가장 특이한 건 오르덴들의 전투력이 그야말로 허접할 정도로 약한데도 환야의 벌판에서 그 누구도 그들을 건드릴 수 없다는 거야. 마왕이건 용자건 오르덴들과 적이 되면 끝장이거든."

그 말에 로니안뿐 아니라 옆에서 듣고 있던 라우벤도 놀란 표정을 지었다. 환야에서 마왕이나 용자가 가장 강한 줄 알았는데, 그들도 오르덴들과 적이 되면 끝장이라니.

"그렇다면 환야에서 가장 강한 이들은 오르덴들이란 말인가요?"

로니안의 질문에 루델은 고개를 끄덕였다.

"어떤 면에선 그렇기도 하지. 오르덴들은 막대한 돈으로 용병들을 고용할 수 있기 때문에 웬만한 마왕들도 그들과 적이 되면 비참한 신세를 면치 못해."

"오르덴들이 사실상 이 거대한 환야를 장악하고 있는 거군요."

"꼭 그런 건 아니야. 그놈들은 자신들을 공격하는 이들과 맞서 싸울 뿐, 환야에 그 어떤 지배력도 행사하지는 않거든. 쉽게 말해 그들은 그저 중립적 존재야. 마왕의 편도 아니고 용자의 편도 아니고. 오로지 그들의 목적은 돈을 버는 것뿐이지."

"대체 그렇게 돈을 모아 어디다 쓰려는 걸까요?"

"나도 그게 궁금해서 한번 물어본 적 있어. 그때 그들이 뭐라고 대답했는지 알아?"

그러자 로니안은 고개를 갸웃했다.

"글쎄요."

"쓰는 건 관심 없고 오직 모으는 데만 관심 있다는 거야. 그놈들에겐 돈 자체가 목적인 거지."

"돈 자체가 목적이라니! 이해가 안 돼요."

"이해하려고 하지 마. 그놈들은 그냥 돈에 미친놈들이니까."

쓰기 위해 돈을 버는 것이 아니라 오로지 모으기 위해 돈을 번다니! 비로소 로니안은 오르덴들이 얼마나 돈을 숭상

하는지 알 수 있었다.

"이제 그놈들 얘긴 그만하고 체스나 한판 두는 게 어때?"

"좋아요, 언니."

곧바로 아공간에서 체스 판을 꺼내려던 루델은 갑자기 안색이 굳어진 채로 황급히 측정기를 쳐다봤다. 디에스 측정기에서 붉은빛이 번쩍임과 동시에 입체지도가 흐릿해지더니 사라져버렸던 것이다.

'이건?'

이는 차원력의 이상 기후가 나타났을 때 벌어지는 일이었다. 아니나 다를까, 전방의 하늘에서 푸른 눈이 쏟아져 내리기 시작했다.

휘이이이—!

세찬 바람과 함께 쏟아지는 푸른 눈! 언뜻 보면 매우 아름다운 광경이었지만 환야의 벌판을 여행하는 여행자들에게는 절대 반가운 광경이 아니었다. 블러디 윈드들도 놀라 날뛰었다.

히힝! 히히힝!

"젠장! 귀찮게 웬 눈이야!"

매릭이 투덜거리며 마차를 멈춰 세웠고, 루델은 황급히

2층에 위치한 특실로 달려 올라갔다. 그곳은 샤크가 머무는 객실로, 언제부터인가 그는 그 안에 처박힌 채 밖으로 나오지 않았다.

"로드! 차원력의 이상 기후로 인한 폭설이 시작됐어요. 이대로 이동하다간 블러디 윈드들이 버티지 못할 거예요."

"그럼 폭설이 그칠 때까지 쉬었다 가는 게 좋겠지."

샤크는 별달리 놀란 기색이 없었다. 아니 그는 이미 그와 이상 기후가 벌어질 것을 알고 있었다는 듯 매우 담담한 표정이었다.

사실 그럴 수밖에 없는 것이 샤크는 그동안 계속 차원력에 대한 연구를 하고 있던 중이었다. 그는 본래 뭐든 호기심이 들면 식음을 전폐하고 연구에 몰두하는 편이었다. 그런 그가 기나긴 여행길을 그저 멍이나 때리며 시간을 죽일 리가 있겠는가.

지난 20일 사이 샤크가 수시로 마차를 벗어나 상공으로 날아오른 후 차원력의 흐름을 연구하고 있음을 루델은 물론이요 매릭도 눈치채지 못했다. 샤크는 마차가 움직이는 속도에 맞춰 상공에서 부유하듯 비행을 하기도 했고, 빛살처럼 질주비행을 하며 앞서갔다가 다시 돌아오기도 했다.

그것이 가능했던 이유는 이곳의 차원력이 얼마 전 샤크

가 부활의 무덤이 있던 곳에서 미쳐 날뛰던 차원력에 비할 수 없이 미약했기 때문이었다. 그로 인해 차원력과 맞서기 위해서 소모되는 무극지기의 양이 부활의 무덤이 위치한 곳보다 훨씬 적었다.

그러나 그런 식으로 상공에서 오래 버틸 수 있다 해서 샤크가 차원력을 무극지기처럼 활용할 수 있는 것은 아니었다. 여전히 차원력은 샤크에게 매우 이질적인 기운이었으며, 이해할 수 없는 미지의 영역이었다. 지난 20일 동안 꼬박 그것에만 매달렸지만 별다른 성과는 없었다.

물론 그렇다 해서 샤크가 시간을 날린 것만은 아니었다. 차원력을 자신의 체내로 흡수해 그것을 무극지기처럼 활용하는 것은 여전히 불가능했지만, 그 차원력에 어떤 식으로 맞서야 하는지에 대해서는 적지 않은 깨달음을 얻을 수 있었다.

즉, 최대한 무극지기의 소모를 줄이며 질주비행을 하는 방법이라든가, 특정 지역에 차원력이 침범하지 못하도록 결계를 형성시킨다든가 하는 것들이었다.

따라서 그는 이제 오르덴들이 만든 수카가 굳이 필요 없었다. 그 어디서든 차원력의 저주가 침범하지 못하는 안전지대를 만들 수 있을 뿐 아니라, 특정 대상들에 보호 실드를 걸어 줄 수도 있었다.

또한 차원력과 맞서면서 무극지기의 운용 또한 더욱 신묘하게 변해 그가 가진 마왕으로서의 기세조차 은폐시킬 수 있게 되었다.

본래라면 그가 아무리 자신의 기세를 감추어도 날개의 봉인을 푼 이상 마족이나 마물들은 그가 마왕임을 본능적으로 알 수 있었다. 즉, 자신이 마왕이란 사실을 아무리 숨기려 해도 외부에 그가 마왕인 것이 드러날 수밖에 없었다.

그로 인해 마물이나 마족들이 알아서 기게 되니 편한 것도 있지만, 용자나 다른 마왕들이 시비를 걸어올 수도 있어 귀찮은 일이 벌어질 여지가 많았다.

그러나 이제 샤크가 스스로 자신이 마왕임을 드러내지 않는 한 그를 모르는 자들이 그가 마왕인 것을 알기란 쉽지 않을 것이다.

'그나저나 아무래도 한동안 이곳에 머물러야 될 것 같군.'

안타깝게도 상공 가득 차원력이 형성한 푸른 구름들이 끝없이, 가히 무한의 영역처럼 펼쳐져 있었다. 그로 인해 폭설이 꽤 오래도록 계속될 것 같았지만, 그 기간이 어느 정도일지는 샤크도 예측하기 힘들었다.

사실 이 기간은 샤크 뿐 아니라 다른 누구도 예측하지 못한다. 빠르면 잠깐 사이에 폭설이 그칠 수도 있지만, 길어지면 클라우드 대륙의 시간으로 수십 년이 걸릴 수도 있는 것이다.

언제 끝날지 모르는 폭설을 무작정 그치기 기다리는 것도 고역이니, 차라리 폭설을 뚫고 그냥 이동하는 것이 어떨까?

샤크가 작정하면 마차와 블러디 윈드 등에게 차원력에 대한 보호 실드를 펼쳐줄 수도 있다. 그렇게 되면 마차가 차원력의 폭설을 뚫고 평소처럼 이동이 가능했다.

그러나 루델이 가진 측정기가 차원력의 이상 기후 상태에서는 정상적으로 작동을 하지 않으니 문제였다. 그 상태에서 무작정 이동하다간 오히려 목표지인 트라구다에서 멀어질 수도 있는 것이다. 따라서 이런 악천후 상태에서 무리하게 이동하는 건 여러모로 봐도 절대 현명한 일이 아니었다.

'폭설이 빠르게 그쳤으면 좋겠군.'

장구한 수명을 가진 마왕이나 마족 등은 수십 년이 넘는 기간을 지체한다 한들 그냥 그러려니 할 수 있었다. 그러나 인간인 라우벤과 로니안에게는 치명적이었다.

물론 라우벤은 반노환동의 경지에 이르러 보통의 인간에 비할 수 없이 수명이 길어졌지만 아무리 그래도 수십 년의 기간은 그에게 부담스러운 일이었다. 하물며 로니안에게는 더더욱 끔찍한 일일 것이다.

그런데 사실 그들은 수명을 다해 죽는 것을 걱정하지 않아도 된다. 이모털 무타티오에 걸린 이상 죽게 되면 또 다른 몬스터 등으로 환생할 것이니 말이다. 물론 그것은 축복이라기보다는 끔찍한 저주 그 자체겠지만.

한편 그 사이 루델은 수카를 마차가 아닌 집의 형태로 변형시켰다. 그러자 수카 내부의 공간이 더욱 확장되었고, 마치 작은 저택과도 같은 2층 건물로 바뀌었다.

아래층에는 거실과 식당, 각종 다용도실이 자리했고, 2층에는 마차의 객실들이 그대로 위치했다. 또한 집의 울타리 안쪽으로 마구간도 생겨났다.

그 후에도 샤크의 일과는 크게 변화 없었다. 그는 자신의 방에서 계속 수련에만 몰두하며 바깥으로 나오지 않았다. 또한 매릭 역시 블러디 윈드들을 마구간으로 옮겨놓은 후 2층에 있는 그의 방으로 들어가 거의 나오지 않았다.

그렇게 두 마왕이 각자 자신의 방에서 나오지 않자 신이 난 것은 루델이었다. 수다 떨기 좋아하는 그녀는 로니안과 매일 어울려 놀았고, 라우벤도 자주 동참했다. 그는 루델의 미모에 반한 것도 있지만, 그녀가 만들어 준 요리가 기막혔기 때문도 있었다.

 샤크가 수련에 몰두하고 있는 것과는 달리 매릭은 방안에서 뒹굴 거렸다. 그는 눈을 감고 누워 있었지만 그렇다고 잠을 자는 것은 아니었다. 물론 수련을 하는 것도 아니었다. 그저 멍을 때리고 있을 뿐.

 으적으적!

 그러다 이따금 아공간에 넣어둔 간식거리를 꺼내 입에 넣기도 했다.

 냠냠! 짭짭!

 '흐흐, 바로 이 맛이야.'

 매릭은 지금 상태가 좋았다. 이 방에만 있으면 로드의 잔소리도 없었고 건방진 인간들의 채찍질도 없으니 살 것 같았던 것이다.

 '기왕이면 폭설이 오래 지속되면 좋겠군.'

 그로서는 몇백 년을 이러고 있어도 상관없었다. 멍하니 시간을 죽이는 것이야말로 그가 가장 자신 있어 하는 일이었으니까.

끝없이 이어질 것만 같았던 폭설!

그것은 다행히 1디에스 정도가 지나자 서서히 끝을 드러냈다. 자신의 방안에서 두문불출하며 쉬고 있던 매릭은, 어떻게 알았는지 눈이 그치자마자 밖으로 나와 마구간의 블러디 윈드들을 끌어내 출발 준비를 마쳤다.

"로드, 그럼 다시 출발하겠습니다."

"그렇게 해라."

폭설이 그치자 샤크도 자신의 방에서 나온 터였다. 그 사이 루델은 수카를 다시 마차로 변형시켰고, 블러디 윈드들은 기다렸다는 듯 힘차게 내달렸다.

두두두— 두두두두—

신기하게도 그토록 미친 듯 퍼부었던 폭설의 흔적이 감쪽같이 사라져 버렸다. 신비한 푸른 눈으로 뒤덮였던 환야의 벌판은 본래의 투박한 황무지의 모습으로 돌아왔다.

츠읏!

루델은 측정기의 입체 지도를 통해 오르덴들의 도시 트라구다로 가는 방향을 찾아냈고, 그녀의 설명에 따라 매릭은 마차를 몰았다.

사실 루델은 말로 설명하기보다는 이따금씩 측정기에 마

나를 주입해 입체지도를 보여주는 식이었다. 물론 엄청난 생색을 내면서.

"자, 이 누나가 입체 지도를 보여줄 테니 두 눈 크게 뜨고 봐라. 제대로 기억 못 하면 자칫 엉뚱한 곳으로 빠질 수도 있으니 정신 바짝 차려야겠지! 훗훗! 하긴 명색이 마왕인데 그 정도로 둔하진 않겠지만 말야. 오호호훗! 알아들었니?"

"아, 알아들었어, 누나……."

오늘부터 매릭은 루델을 누나라고 불러야 했다. 그가 로니안을 누나라고 부르는데, 로니안이 루델을 언니라고 부르니, 자연스레 루델은 그의 누나가 되어야 했던 것이다. 물론 이는 로니안의 발상이었다.

마왕이 마족에게 누나라니! 이 무슨 콩가루 날리는 소리인가? 세상이 아무리 거꾸로 돌아가도 이런 경우는 없었다.

매릭은 발끈했지만 로니안이 휘두른 절대 채찍 앞에 어쩔 수 없이 고개를 끄덕이고 말았다.

그러다 보니 가장 신이 난 건 루델이었다. 그녀는 마족으로 살아온 이래 요즘처럼 살맛이 난 적이 없었다. 그녀는 매릭에게 누나 소리를 듣고 싶어서 측정기를 보여주며 마구 유세를 떨었다. 그때마다 매릭의 표정이 일그러졌다.

'크으! 정말 못 살겠구나. 내가 더러워서라도 측정기를 하나 사고 만다.'

한낱 권속에 불과했던 루델이 고작 측정기 하나로 유세를 떨자 매릭은 화가 나 미칠 지경이었다. 문득 그는 천여 년 전 그의 아공간에 가득했던 물건들이 생각났다. 지금은 빈털터리 신세지만 당시는 엄청난 부자였으니까.

'지금은 없는 것들을 생각해서 뭐 하냐.'

어쨌든 다른 건 몰라도 측정기는 꼭 사겠다고 마음먹은 매릭이었다. 왠지 자신이 꽤 오래도록 마부 노릇을 해야 할 것 같았기 때문이다.

'못해도 이삼천 베카는 줘야 할 텐데, 제길!'

과연 그런 비싼 걸 샤크가 사줄지 의문이었다. 아무래도 루델에게 이미 측정기가 있다는 이유로 안 사줄 가능성이 높았다.

'됐어! 그냥 내가 벌어서 산다.'

매릭은 측정기를 사겠다는 마음을 먹자 은밀히 챙겨 먹던 간식도 금했다. 오르덴의 도시에 가면 그런 것들도 다 돈이 될 것이기 때문이다. 간혹 마차 안에서 루델 등이 향기 나는 요리를 먹을 때마다 그 역시 간식을 먹고 싶은 충동이 일었지만 참았다.

'참자! 먹을 것 다 먹고 언제 돈을 모은단 말이냐?'

먹고 싶은 것 안 먹고 그저 이를 악물고 돈을 모아야 측정기를 살 수 있을 것이다.

측정기만 생기면 더 이상 루델에게 아쉬운 소리를 안 해도 될 것이란 생각에 매릭은 간식을 입 근처에도 대지 않았다. 그는 독했다.

'난 한다면 하는 놈이지. 으득!'

그 후로 마차 여행은 무척 순조로웠다. 차원력의 이상 기후로 인한 폭설이나 폭우도 없었고, 수시로 출몰해 여행객들을 노린다는 환야의 무법자들인 라트로들 역시 코빼기도 보이지 않았다.

사실 라트로들의 숫자는 꽤 많은 편이었다. 그저 몇몇 마물들이 서로 눈이 맞아 도적단이 되기로 작당하면 라트로가 되는 것이니, 환야의 벌판에는 그야말로 무수한 라트로들이 존재한다고 할 수 있었다.

따라서 샤크 일행이 수개월이 넘도록 마차로 이동하는 동안 라트로 한 번 만나지 못했다는 것은 무척 신기한 일이었다. 못해도 수십 차례는 그것들과 조우했어야 정상인 것이다.

그러나 라트로들이 바보가 아닌 이상 샤크 일행을 향해 덤벼들 순 없었다. 대부분 마물이나 마족으로 이루어진 라트로들은 아주 멀리서도 마왕 매릭이 발산하는 소름 끼치는 기세를 느낄 수 있을 것이기 때문이다.

마족들이 무슨 배짱으로 마왕을 향해 덤벼들겠는가? 그것은 스스로 죽겠다고 작정하는 것이었다.

특히나 매릭은 기분이 몹시 좋지 않아 시종 인상을 찌푸리며 마왕으로서의 살벌한 기운을 뿌려댔던 터라, 라트로들은 아주 먼 곳에서부터 위험을 감지하고 부리나케 달아나기 바빴다.

그로 인해 마차는 빠른 속도로 오르덴들의 도시 트라구다로 향했고, 어느덧 목표지까지 대략 1디에스의 시간이 남게 되었다. 이제 클라우드 대륙의 시간으로 대략 10일 정도만 지나면 오르덴들의 도시로 들어갈 수 있게 될 것이다.

그런데 그때까지 묵묵히 마차를 조종하던 매릭이 돌연 두 눈에 이채를 발하며 전방을 노려봤다. 정확히 말하면 전방이라기보다는 좌측 전방 쪽이었다.

'호오! 무풍지대라!'

매릭은 급히 마차의 방향을 그쪽으로 틀었다.

'흐흐, 그렇다면 그냥 지나칠 수 없지.'

무풍지대로 향하는 매릭의 입가에는 의미심장한 미소가 맺혀 있었다.

Chapter 9

환야의 무풍지대

광대한 환야의 벌판 곳곳에는 종종 차원력의 저주가 전혀 미치지 않는 이상 지대들이 생겨난다. 그런 특이한 곳들을 환야의 무풍지대라고 하는데, 그곳들이 언제 어디에서 생겨나는지는 아무도 알지 못했다.

 특히 무풍지대 내부의 지하에는 차원석이라는 것이 존재하는데, 그것들을 캐다가 팔면 오르덴들에게 꽤 많은 돈을 받을 수 있었다.

 그로 인해 무풍지대가 새로 생겨난 사실이 알려지면 차원석을 캐기 위해 도처에서 많은 자들이 모여들었다. 그들 중에는 마족이나 마물은 물론, 정령, 로아탄, 심지어 마왕이나 용자도 있었다. 돈이란 모두에게 다 필요한 법이니까.

그런 만큼 무풍지대에는 전투가 그칠 날이 없었다. 서로 원수나 마찬가지인 마왕과 용자가 그곳에서 조우하면 그 즉시 치열한 전투가 벌어질 것은 당연했다. 굳이 그들이 아니더라도 희귀한 차원석을 두고 같은 마족이나 마물들 간에도 살 떨리는 쟁탈전이 벌어지곤 했다.

그러나 그중 가장 무서운 자들은 다름 아닌 환야의 무법자라 불리는 라트로들이었다. 그들 역시 차원석을 목표로 하긴 하지만, 그보다는 차원석을 캐기 위해 무풍지대로 들어오는 이들을 목표로 하는 경우가 더 많았기 때문이다.

콰르르르! 파파파팟!
쿠콰아아아앙!

도처에서 치열한 전투가 벌어지고 있었지만 그중 가장 치열한 전장은 무풍지대의 중심부로, 그곳에는 라트로 중에서도 악명이 자자한 마왕 포르미카가 있었다.

차원석을 발견할 확률이 가장 높다는 무풍지대의 중심부는 누구나 탐내는 지역이라지만 감히 마왕 포르미카에게 덤비는 간 큰 라트로들은 없었다. 따라서 무풍지대의 외곽

에선 끝없이 전투가 벌어져도 실상 이곳 중심부는 조용해야 정상이었다.

그런데 이곳에서 전투가 벌어지다니! 이는 감히 마왕 포르미카에게 도전한 간 큰 누군가가 있음을 의미했다.

과연 누구일까? 포르미카가 마왕임을 알고도 도전한 용기 있는 자는?

그는 다름 아닌 용자 아르메스였다.

파트리아 대륙의 용자 아르메스는 그와 절친하던 용자 밀레스를 비롯하여 적지 않은 용자들이 마왕 포르미카에게 죽임을 당한 것을 듣고 오래도록 복수의 칼을 갈아왔다.

그러다 그는 포르미카가 최근 생겨난 무풍지대의 중심부에 있다는 소문을 듣고 자신을 보좌하는 일곱 명의 기사들과 함께 달려온 것이었다.

아르메스는 인간인 부친과 드래곤 모친 사이에서 태어난 하프 드래곤으로 각고의 수련을 통해 파트리아 대륙의 용자가 되었다. 또한, 그의 부하들인 일곱 명의 기사들은 모두 드래곤들로 뛰어난 전투력을 지니고 있었다.

따라서 아르메스는 자신이 마왕 포르미카를 충분히 상대할 수 있으리라 자신했다. 오늘로 사악한 마왕 포르미카를 환야의 세계에서 먼지가 되어 사라지게 만들 생각에 한없이 고무되어 있었던 것이다.

그러나 결과는 실로 처참했으니! 아르메스는 마왕 포르미카의 적수가 되지 못했고, 그의 드래곤 기사들은 포르미카 휘하에 득실거리는 수백의 마족들 앞에서 무력하게 패배하고 말았다.

"크으윽! 이럴 수가!"

"노, 놈들이 너무 강합니다, 아르메스 님."

피투성이에 만신창이가 되어 비틀거리는 아르메스와 드래곤들의 표정은 절망으로 가득했다. 가공할 마기를 뿜어대는 마족들이 그들을 둥그렇게 포위하며 싸늘한 조소를 흘려댔다.

"키키킥! 가소로운 놈들!"

"크크크큭! 고작 그 정도로 덤비냐?"

마족들의 중심에는 화려한 의자에 파묻힌 채 뭔가를 질겅질겅 씹어대고 있는 푸른 머리의 엘프가 있었다. 신비하게 빛나는 푸른 머리카락 아래로 루비처럼 빛나는 홍채가 유난히 돋보이는 청년.

"후후후, 멍청한 용자 놈! 내가 누군지 알면서도 덤비다니. 덕분에 모처럼 흥미로웠다. 하지만 그것도 이젠 지겨워. 그만 죽어줘야겠어. 크하하하하!"

겉은 아름다운 엘프의 형상이지만 그가 바로 악명 높은 라트로인 마왕 포르미카였다. 끔찍하게도 그가 질겅거리며 씹고 있는 것은 인간의 영혼들이었다. 그는 자신의 아공간 주머니에 가둬둔 인간의 영혼들을 한 움큼씩 꺼내 입에 넣으며 말했다.

"흐흠, 그나저나 이건 언제 먹어도 별미란 말이야. 보아라, 이것이 바로 너 같은 애송이 용자들이 그토록 지키고 싶어 하는 인간의 영혼들이라는 것을!"

"크으윽! 이 저주받을 마왕 놈아! 그들을 풀어 주지 못하겠느냐?"

아르메스의 말에 포르미카는 냉소했다.

"곧 죽어도 입은 살아 있구나. 하긴 그래야 용자답지. 하지만 어디 잠시 후에 사지가 뜯겨도 그렇게 당당할 수 있나 보자고. 우후훗! 그래. 넌 아주 천천히 죽일 거야. 최대한 고통스럽게! 무척 궁금하구나. 과연 네 입에서 살려 달라는 말이 나올까, 안 나올까? 네 생각은 어떠냐, 아르메스?"

아르메스의 인상이 처참히 일그러졌다.

"으득! 닥쳐라."

"후후후, 괴로운가? 네가 괴로울수록 나야 즐겁지 뭐. 어디 그럼 더욱 괴롭게 해 줄까? 자, 생각해 봐라. 이제 네가 죽고 나면 네가 그토록 소중히 지키던 파트리아 대륙은 내 손에 들어오게 된다. 그럼 그 대륙에 사는 이들의 운명은 어떻게 될까?"

그러자 아르메스의 안색이 사색으로 변했다. 포르미카는 인간의 영혼 하나를 꺼내 씹으며 말을 이었다.

"쩝쩝! 아하하! 이건 정말 맛있군. 그렇지 않아도 요새 이것들이 거의 떨어져 아쉬웠는데 아주 잘 된 거지. 한동안 나와 나의 충성스러운 권속들이 포식을 할 수 있을 테니 말이야. 기특하게도 네가 알아서 찾아와 준 덕분이니, 이거 고맙다고 해야겠지?"

"크아아아아!"

아르메스는 절규했다. 그에게 힘이 남아 있었다면 당장 날아가 포르미카의 머리통을 후려갈겼을 것이다. 그러나 그는 모든 힘이 고갈된 상태였고 한낱 마족들이 뿜어내는 마기조차 감당하지 못해 비틀거리고 있는 신세였다.

그것은 그의 기사들인 드래곤들도 마찬가지. 평소 절망이나 불가능이란 없다 자부했던 그들의 표정은 마치 죽은 자를 연상케 하듯 딱딱하게 굳어 있었다. 그것은 이제 무슨 기적이 일어나도 자신들이 죽음을 피할 수 없음을 알기 때문이었다.

특히 용자 아르메스의 심장은 절망으로 터져버릴 지경이었다. 그는 자신이 죽는 것은 두렵지 않았다. 자신은 그 어떤 처절한 고통 속에서 죽는다 해도 상관없었다.

그러나 용자인 그가 죽게 되면 파트리아 대륙은 끝장이었다. 수호자가 사라진 파트리아 대륙을 마왕인 포르미카가 내버려 둘 리 없었으니까. 그동안 아르메스만 믿고 있던 파트리아 대륙의 수많은 종족들에게 끔찍한 대재앙이 닥치게 된 것이다.

'아, 너무 경솔했다. 내가 놈을 충분히 이길 수 있다고 자신했건만.'

아르메스는 결코 약한 용자가 아니었다. 지금껏 그의 손에 죽은 마왕만 다섯이 넘었고 마족들은 셀 수도 없었다. 따라서 그는 단순히 객기나 만용으로 포르미카에게 도전한 것이 아니었고, 충분히 승산이 있다 자신했던 것이다.

하지만 그는 포르미카가 왜 악명 높은 라트로 불리는지를 생각해 봤어야 했다. 왜 수많은 용자들이 그를 죽이고자 했는데도 실패했는지를 말이다. 심지어 같은 마왕들 중에서도 포르미카와 마주치기를 두려워하는 이들이 많을 만큼 그는 무서운 존재였다.

포르미카는 알려진 것보다 훨씬 강했다. 그는 일부러 자신의 실력을 낮추어 소문을 냈고, 그로 인해 용자들이 자신을 찾아올 수 있도록 유도했던 것이다.

심지어 포르미카는 아르메스가 자신을 찾아오는 것도 알고 있었다. 더욱이 그가 일부러 아르메스에게 자신이 여기 있다는 소문을 퍼뜨렸던 것임을 어찌 짐작이나 했겠는가?

그러한 사실을 포르미카와 부딪혀 보고서야 뒤늦게 깨달은 아르메스였다. 그는 자신의 경솔함을 탓했지만 이제 상황은 돌이킬 수 없었다.

"으아아악!"

그때 그의 드래곤 기사 하나가 처참한 비명을 지르며 쓰러졌다. 포르미카의 지시로 마족들이 다가와 그의 사지를 잡아 뜯어버렸다.

으적으적! 쩝쩝! 짭짭짭!

처참하게 죽은 그의 사체는 마족들의 입속으로 들어갔다. 마족들은 서로 앞다투어 드래곤의 사체를 찢어 입안에 넣기 바빴다.

"크아아악!"

"꺄아악!"

연이어 또 하나의 드래곤 기사가 죽임을 당했다. 그런 식

무풍지대 곳곳에는 그의 권속들이 포진되어 있었기에 웬만한 능력을 가진 존재가 아니면 이곳 중심부까지 들어온다는 것은 꿈도 꿀 수 없는 터였다.

그는 신경질적으로 고개를 휙 돌려 한쪽을 노려봤다. 그곳엔 도합 여덟 마리의 블러디 윈드들이 이끄는 마차 한 대가 있었다. 조금 전 들렸던 말 울음소리는 블러디 윈드들이 낸 것이었다. 그는 어이가 없었다.

"멍청한 놈들! 고작 저따위 것들이 이곳까지 오게 하다니!"

곧바로 권속 마족들에게 호통을 날리려던 포르미카의 두 눈이 돌연 커졌다. 그의 두 눈은 마차의 마부석에 앉아서 블러디 윈드들을 조종하고 있는 한 소년에게 고정되어 있었다.

'아니, 저놈은?'

그 소년을 보자 비로소 포르미카는 왜 자신의 권속 마족들이 저 마차를 저지하지 못했는지 알 수 있었다. 그는 그 마부석에 앉아 있는 소년의 정체를 단번에 간파했던 것이다.

소년이 단순히 마왕의 기세를 뿜어내서가 아니었다. 그의 외모가 포르미카에게는 매우 낯익었다. 한때 앙숙이기도 했던 매릭을 그가 어찌 못 알아보겠는가? 그가 놀란 것은 매릭이 오래전 웬 용자에게 죽었다는 소문을 들었기 때문이었다. 그런데 이토록 멀쩡히 살아 있을 줄이야.

'매릭! 저놈이 살아 있었단 말인가?'

매릭이 당시 일루전 트레저 중 하나인 부활의 무덤을 소유하고 있는 사실은 철저히 비밀로 숨겨져 있었기에 포르미카는 그로 인해 매릭이 부활했음은 상상도 못 했다. 그는 그저 매릭이 운 좋게 당시 죽지 않고 살아남았다고 생각했다.

"후후후, 아니 이게 대체 누구야? 죽은 줄 알았는데 용케 살아 있었구나."

포르미카가 조소 어린 표정으로 말을 건네자 매릭의 눈빛이 사납게 변했다.

"큭! 내가 그리 쉽게 죽을 거라 생각했느냐? 너 따위 놈보다 훨씬 오래 살 테니 염려 마라."

"망할! 그 건방진 입도 여전히 살아 있구나. 그보다 여긴 웬일이냐?"

"그냥 지나가던 길이었다. 이곳에 꼴 보기 싫은 네놈이 있는 줄 알았으면 오지 않았을 텐데 말이야."

사실 매릭 역시 이곳 무풍지대에 한때 자신의 앙숙이었

던 포르미카가 있을 줄은 짐작도 못 했다.

매릭이 마차의 방향을 슬쩍 틀어 무풍지대로 들어온 이유는 이곳에 마족들이 꽤 많이 있을 것이란 기대 때문이다. 예상대로 차원석을 캐고자 하는 녀석들부터 그들을 약탈하고자 하는 라트로들 중 마족들은 상당수였다.

매릭은 본래 그들 중에서 가장 똘똘해 보이는 녀석을 골라 권속으로 만들 생각이었다. 어쩌다 보니 그가 샤크 일행 중 가장 아랫것 신세가 된 상황이라 마부석 옆에 앉혀 두고 부려 먹을 만한 권속이 하나 필요했던 것이다.

물론 작정하면 이곳 무풍지대에서 얼쩡대는 웬만한 마족들을 모두 권속으로 만들어 버릴 수도 있지만, 번잡스러운 것을 매우 싫어하는 로드 샤크의 성격상 그것을 용인할 리가 없었다. 그래도 권속 한둘 정도는 봐주지 않을까 싶어서 무풍지대로 들어온 것인데, 설마 마왕 포르미카가 똬리를 틀고 있을 줄은 몰랐다.

게다가 더욱 그를 놀라게 한 것은 포르미카가 다름 아닌 용자를 사냥하고 있었다는 것! 매릭은 마왕답게 아르메스가 용자임을 단번에 알아봤다.

용자를 사냥한다? 그것이 얼마나 흥미진진한 일이었던가? 매릭으로서는 포르미카가 한편 부럽기도 했다. 자신은 이제 감히 그런 일은 꿈도 못 꾸는 신세가 되었으니 말이다.

매릭이 만신창이가 되어 있는 아르메스를 물끄러미 쳐다보고 있는 걸 본 포르미카는 득의만만한 미소를 지었다.

"후후후, 내가 부러운가 보구나. 하긴 네놈은 용자를 사냥해 본 적이 없겠지?"

"닥쳐라. 너 따위 놈이 부럽긴 뭐가 부럽다는 거냐?"

매릭은 코웃음 쳤지만 정말로 부러워죽겠다는 기색을 감추지는 못했다. 그때 포르미카가 고개를 갸웃했다. 경황 중이라 미처 살피지 못했는데 매릭이 마부석에 앉아 있는 모습이 다소 기괴했기 때문이었다.

"근데 너 그 꼴은 뭐냐?"

마왕인 매릭이 마부석에 앉아 있다니. 그 모습은 포르미카 뿐 아니라 그의 권속 마족들에게도 무척 황당하게 여겨졌다. 그가 마부임을 확신할 수 있는 것은 매릭의 손에 중급 마물들인 블러디 윈드들을 조종하는 줄이 들려 있기 때문이었다.

그렇다. 누가 봐도 매릭은 마부였다. 또한 마족들은 매릭이 직접 말을 몰아 마차를 끌고 온 것을 목격하기도 했기에 더더욱 그것을 확신했다.

'큭큭큭큭!'

'키키킥!'

마족들은 매릭의 꼴이 매우 우스웠지만, 그가 마왕이다 보니 차마 웃지 못하고 참았다. 그러나 그들의 로드인 포르미카가 폭소를 터뜨리자 모두들 배를 붙잡고 키득거리기 시작했다.

"크하하하하!"

"키히히히!"

순간 매릭의 인상이 일그러졌다. 마부석에 앉은 이후 어디 아는 녀석이라도 만날까 봐 얼마나 걱정했던가. 그런데 그가 가장 우려하던 일이 벌어지고 만 것이다.

'제기랄! 쪽팔려서 못 살겠네.'

매릭은 어디 쥐구멍이라도 있으면 들어가고 싶은 심정이었다. 특히나 앙숙이었던 포르미카가 자신의 처지를 비웃자 울화통이 터져 미칠 것 같았다.

그러나 그는 문득 의미심장한 미소를 지었다. 그리고 포르미카를 안쓰럽다는 듯 쳐다봤다.

'쯧. 그러고 보니 불쌍한 놈은 내가 아니라 저놈이지. 하필 로드에게 걸렸으니 말이야.'

매릭은 샤크의 특이한 성격상 포르미카가 절대 무사하지

못할 것이라 확신했다. 샤크는 인간들을 핍박하거나 특히 그들의 영혼을 먹는 것을 가장 싫어한다. 아직까지는 아무런 일도 없다는 듯 조용히 있지만 샤크는 분명 포르미카가 무슨 일을 벌였는지 다 알고 있을 것이다.

"푸흐흐흐! 아무리 앵벌이를 한다 해도 마왕의 체신이 있지 그게 무슨 꼴이냐?"

포르미카는 곧 자신에게 다가올 거대한 불행은 짐작도 못 한 채 매릭을 조롱하고 있었다. 매릭은 큭 웃으며 대답했다.

"멍청한 놈! 내가 너라면 날개가 부러지도록 도망갔을 텐데."

"무슨 헛소리냐? 내가 왜 도망을 간단 말이냐?"

"그것도 이미 늦었어. 너는 이제 죽었다고 생각하는 게 좋을 거야."

매릭은 그 말과 함께 마부석에서 훌쩍 뛰어내려 마차의 문을 열었다. 그러자 샤크가 기다렸다는 듯 마차에서 내려왔다. 곧바로 매릭을 노려보는 샤크의 눈빛은 분노가 가득했다.

"도착했으면 빨리 문부터 열 것이지 뭘 꾸물대고 있었느냐?"

"죄송합니다, 로드."

매릭은 움찔 놀라며 허리를 숙였다. 예상대로 샤크의 살벌한 눈빛을 보니 그가 얼마나 화가 나 있는지 대략 짐작이 갔다.

그런 매릭의 비굴한 모습을 본 포르미카는 두 눈을 의심했다. 그는 짐짓 매릭을 조롱하긴 했지만 설마 마왕인 매릭이 누군가를 로드라 부르며 굽실대고 있을 줄은 상상도 못 했다. 두 눈으로도 보면서도 도무지 믿기 힘든 장면이었다.

'저자가 누구이기에 매릭 놈이 저런 모습을?'

포르미카는 샤크를 날카롭게 노려봤다. 자존심 강하기로 친다면 자신 못지않은 매릭이 누군가를 로드로 부른다면, 최소한 대마왕 플런더 급은 되어야 했기 때문이다.

그러나 그는 이내 인상을 찡그렸다. 샤크의 정체를 도무지 짐작하기 어려웠던 것이다. 그로부턴 그 어떤 가공할 기세도 느껴지지 않았다. 그저 평범한 인간과 다름없었다.

'저따위 하찮은 인간 놈을 매릭이 로드로 섬길 리는 없다.'

그는 샤크가 마왕으로서의 기세까지 감출 수 있는 불가사의한 경지에 이르렀음은 꿈에도 짐작하지 못한 채 그저

환야의 무풍지대 221

매릭이 괴상한 장난을 치고 있다고 생각했다.

'제길! 한참 신 나게 축제를 벌이려던 중인데 저 정신 나간 놈이 나타나서 판을 깨는군.'

그는 이내 매릭을 한 번 쏘아보고는 고개를 돌려 버렸다. 그는 더 이상 매릭 따위는 신경 쓰지 않고 용자 아르메스를 잡아먹는 피의 축제를 벌일 생각이었다.

그러나 그는 갑자기 엄습하는 섬뜩한 살기에 흠칫 놀랐다.

화악!

고개를 돌려 샤크와 시선이 마주친 포르미카는 갑자기 하얀 섬광과 같은 광채가 자신의 눈을 강타하는 듯한 충격에 움찔 몸을 떨고 말았다.

'크헉!'

이게 대체 무슨 일인가? 포르미카는 자신이 어찌 하찮은 인간 따위의 눈빛 한 번에 이토록 섬뜩한 두려움을 느끼는지 이해할 수가 없었다.

'크윽! 이건 말도 안 된다.'

그가 누구인가? 환야의 무법자인 라트로 중에서도 악명 높은 마왕 포르미카다. 또한 그는 무려 사십 명이나 되는 용자를 해치운 용자 사냥꾼이 아닌가? 그는 그런 자신이

으로 일곱 명의 기사들 모두가 마족들의 입속으로 들어간 것은 순식간이었다.

'…….'

아르메스는 아연실색하고 말았다. 이 끔찍한 상황이 차라리 꿈이라면 얼마나 좋을까? 그러나 꿈이 아닌 엄연한 현실이었다. 그의 충성스러운 드래곤 기사들의 죽음도 현실이었고, 이제 그 역시 마찬가지 신세가 되리란 것도 현실이었다.

스윽.

그때 드래곤들의 사체를 우걱우걱 뜯어먹던 마족들이 일제히 한쪽으로 물러났다. 그들은 용자 아르메스의 몸도 탐났지만, 그것은 마왕 포르미카의 차지임을 알고 있었기에 손도 대지 않았다.

아니나 다를까, 마족들이 비켜난 자리로 포르미카가 섬뜩한 미소를 흘리며 걸어왔다. 그는 속으로 어떻게 하면 아르메스에게 가장 끔찍한 고통을 느끼게 할 수 있을까 고민했다. 물론 그것은 즐거운 고민이었다.

용자를 고통스럽게 하는 것! 용자가 비굴하게 절규하도록 만드는 것! 마왕인 그에게 있어 그처럼 즐거운 일은 없을 것이다.

'우후훗, 이번이 몇 번째더라?'

포르미카는 자신의 손에 죽임을 당한 용자가 몇인지 문득 세어보았다. 물론 굳이 셀 필요도 없었다. 이미 그의 머리에 단단히 각인되어 있으니까. 그는 아르메스를 노려보며 말했다.

"아르메스! 알고 있느냐? 지금껏 총 사십 명의 용자가 내게 죽었지. 이제 네가 사십일 번째란 걸 기억해라."

"크으으! 으드득!"

아르메스는 치가 떨렸지만 이를 가는 것 외에는 아무것도 할 수 없었다. 그 사이 포르미카는 아르메스의 지척까지 걸어왔다.

"그럼 축제를 시작해 볼까?"

곧바로 그의 입가에 맺힌 섬뜩한 미소가 짙어지는 순간이었다.

히히히힝!

갑자기 어디선가 커다란 말 울음소리가 울려 퍼졌다. 그 순간 포르미카의 표정이 확 구겨졌다. 설마 자신이 축제를 즐기려는 순간에 방해하는 무리가 나타날 줄은 상상도 못했던 것이다.

'감히 어떤 놈이!'

두려워 떨었다는 사실을 용납할 수 없었다. 그것도 하찮은 인간의 눈빛 따위에 말이다.

'이건 있을 수 없는 일이다.'

강렬한 수치심은 곧 분노로 화했다.

'크득! 죽여버리겠다.'

그는 무슨 수를 써서라도 저 건방진 인간 놈을 갈가리 찢어버리기로 했다. 아울러 놈과 한통속인 마왕 매릭도 마찬가지. 같은 마왕이라 웬만해선 충돌을 하려 하지 않았지만 지금 상황에선 참을 수 없었다.

"후후후, 매릭! 네놈은 예전부터 마음에 안 드는 녀석이었지. 오늘 네놈은 이곳에 온 것을 후회하게 될 것이다."

포르미카는 매릭과 샤크를 노려보며 오른손을 흔들었다. 그러자 그의 권속 마족들이 샤크 등을 포위하며 흉험한 기세를 뿜어냈다.

바로 그 순간 상상도 못 할 일이 벌어졌다. 마족들이 마차를 포위하는 것을 담담히 바라보던 샤크가 한 손을 슥 휘저었던 것이다.

그 한 번의 손짓에 수백이 넘는 포르미카의 권속들이 번개라도 맞은 듯 몸을 부르르 떨더니 이내 가루로 변해 흩어져버렸다.

파스스스—

믿을 수 없는 광경에 포르미카는 두 눈을 부릅떴다. 마왕인 자신이 손도 써볼 여지도 없이 자신의 권속들이 당할 줄이야.

비로소 뭔가가 크게 잘못됐음을 깨달은 포르미카는 긴장하며 샤크를 뚫어져라 노려봤다.

"너의 정체가 뭐냐?"

샤크는 싸늘히 대꾸했다.

"쓸데없는 걸 묻는군. 내가 누군지 안다 해서 달라질 것이 있을까?"

그러자 포르미카의 입꼬리가 비틀어졌다.

"큭! 달라질 것이 없다? 네놈은 내가 너보다 약할 거라 생각하는가 보군. 그깟 마족들이 죽었다고 내가 눈 하나 깜빡할 것 같으냐?"

"잔말은 집어치우고, 네게 두 번의 기회는 없으니 네가 할 수 있는 가장 강한 공격을 펼쳐보아라."

샤크는 마치 산책을 하듯 여유로워 보였다. 심지어 그는 포르미카를 쳐다보지도 않았다. 그의 시선은 만신창이 상태로 멍하니 서 있는 용자 아르메스를 향해 있었다.

그 순간 아르메스 역시 두 눈을 크게 뜨고 샤크를 바라봤다. 그의 손짓 한 번에 수백의 마족이 전멸하다니. 아르메스는 자신이 꿈을 꾸는가 싶었다. 보면서도 믿을 수 없는 광경이 펼쳐졌으니까.

그러나 샤크의 두 눈에서 싸늘한 섬광이 번쩍이자 아르메스는 흠칫 놀라 눈을 아래로 내리깔고 말았다. 무엇 때문인지 몰라도 샤크가 무척이나 못마땅하다는 듯 그를 쏘아봤기 때문이었다. 특히 그 험악한 눈빛에는 뭔가 질책이 담겨 있는 듯했다.

사실 샤크는 아르메스가 매우 못마땅했다. 자신이 환야에 태어나 처음으로 조우한 용자가 저토록 약골이란 것이 마음에 들지 않았던 것이다.

용자라면 강해야 한다. 마왕을 능히 두려워 떨게 만들 수 있어야 한다. 그것이 샤크가 생각하는 용자였다. 그런데 용자가 마왕에게 무참하게 얻어터진 것도 모자라 부하들마저 모조리 잃다니. 저게 어찌 용자의 모습이라 할 수 있겠는가 말이다.

한편 포르미카는 화가 머리끝까지 솟구쳐 올랐다. 샤크가 명백히 자신을 무시하고 있었기 때문이다. 두 번의 기회가 없으니 전력을 다해 공격하라 말하고 다른 곳을 쳐다보고 있는 것이 그것을 증명했다.

'크, 건방진! 감히 나를 모욕하는 건가?'
 순간 그의 주위로 짙푸른 오러의 폭풍이 몰아쳤다가 사라졌다. 푸른 머리의 엘프 청년은 사라지고 푸른 날개를 가진 거대한 마왕이 그 모습을 드러냈다.

Chapter 10
포르미카의 날개

콰콰콰콰!

푸른 날개의 마왕 포르미카! 그가 마왕으로서의 본신을 드러냈다. 그것은 그가 전력을 다하겠다는 의미였다. 그만큼 그는 샤크에게 꺼림칙한 위험 신호를 느낀 것이다.

"쿠카카카카! 이처럼 내가 전력을 드러내기는 실로 오랜만이구나. 가소로운 놈 같으니! 이제 네가 얼마나 어리석은 짓을 범했는지 알게 해 주겠다."

순간 그의 전신에서 가히 미증유라 할 수 있는 가공할 기세가 뿜어져 나왔다.

'이럴 수가!'

그 순간 가장 경악한 것은 용자 아르메스였다. 비로소 그는 포르미카가 자신과 싸울 때 전력을 다하지도 않았음을 깨달았다. 지금 포르미카가 발하는 기세는 아까보다 몇 배 이상 강력했고 그것은 도무지 아르메스가 감당할 수 있는 것이 아니었다.

또한 아르메스 못지않게 놀란 이가 있었으니 다음 아닌 매릭이었다.

'크으! 저놈이 저 정도였던가?'

매릭은 믿을 수 없다는 눈빛으로 포르미카를 쳐다봤다. 그는 한때 앙숙이었던 포르미카가 자신과 비슷한 수준의 마왕이라 생각했는데, 지금 보니 자신이 감당할 만한 녀석이 아니었던 것이다.

'저 교활한 놈이 자신의 실력을 숨기고 있었구나.'

그 생각을 하자 매릭은 왠지 소름이 끼쳤다. 아득한 옛날이지만 그는 포르미카와 적지 않게 전투를 벌이곤 했었다. 그때마다 우열을 가리기 힘들어서 휴전을 하곤 했는데, 만일 포르미카가 전력을 다했다면 매릭은 진작 환야의 세계에서 먼지로 변해 사라졌을 것이다.

그렇다. 포르미카는 철저히 자신의 실력을 감추고 있었다. 그가 악명 높은 라트로이면서도 여태껏 생명을 유지할 수 있었던 비결이 바로 그것이었다.

츠츠츠츠!

그때 포르미카의 양 날개가 투명한 빛을 발하더니 거대한 대검으로 변했다. 마왕의 윙 블레이드를 대검으로 변환시키다니 놀라운 일이었다. 마치 푸른 번개를 연상케 하는 대검을 양손에 쥔 포르미카는 상공을 향해 가공할 포효를 날렸다.

"쿠와아아아아아아!"

지평선으로 파동처럼 퍼져 나가는 포식자의 포효에 무풍지대가 지진이라도 난 듯 흔들렸다. 무풍지대에서 크고 작은 싸움을 벌이던 온갖 종자들이 기겁을 하며 그 자리에 주저앉았다.

"크어어억!"

"케엑!"

포효의 충격파가 얼마나 가공했든지 대부분의 종자들이 먼지가 되어 흩어져 버렸다. 그나마 살아남은 이들 또한 초죽음 상태로 그들은 감히 섬뜩한 마왕의 포효 앞에 숨도 쉬지 못하고 죽은 듯 엎드렸다.

대체 그 누가 마왕을 저토록 분노케 했단 말인가? 그들은 그저 마왕이 분노를 거둬 주기만을 간절히 바랄 뿐이었다.

 그런데 기이한 일은 그러한 가공할 충격파가 퍼져 나갔음에도 포르미카의 지척에 있다시피 한 용자 아르메스가 쓰러지지 않았다는 것.

 이에는 정작 아르메스 본인조차 어리둥절했다. 그는 자신이 건재한 상황이었다 해도 조금 전 그 가공할 포효에 적지 않은 충격을 받았을 것임을 모르지 않았다. 그런데 어째서 멀쩡할 수 있단 말인가?

 놀라운 일은 그것뿐이 아니었다. 사실상 폐인이 되다시피 한 그의 몸이 정상으로 돌아온 터였다. 그는 무언지 알 수 없는 기운이 자신의 체내를 휘저으며 폭주하던 마나를 안정시켰음을 느끼고는 경악했다.

 물론 아르메스를 충격파로부터 보호한 후 무극지기를 투입해 치료해 준 것은 샤크였다. 그는 솔직히 약골 용자인 아르메스 따위가 죽든 말든 그다지 상관하고 싶지 않았지만, 그래도 자신이 환야에 태어나 처음 만난 용자가 그토록 맥없이 쓰러져가는 꼴을 눈앞에서 보고 싶지는 않았다.

 전생에서 협의의 화신이었던 그가 용자로 태어나지 못한 것이 얼마나 원통했던가. 지금은 비록 마왕으로서의 자신에 만족하고 있지만 그래도 여전히 용자에 대한 환상은 마음 깊숙이 남아 있었다.

환야의 세계를 어지럽히는 수많은 마왕들, 마족들, 마물들, 그밖에 온갖 사악한 무리들을 두렵게 만들 수 있는 이, 그가 바로 용자여야 했다.

그런데 그가 처음 만난 용자는 그야말로 형편없는 수준이었다. 물론 어쩌면 그의 기대치가 너무 높았던 까닭에 실망이 큰 지도 모른다.

사실 용자 아르메스는 그리 약한 실력은 아니었다. 그는 마왕 매릭과 견주어도 크게 뒤지지 않을 정도였으니까.

다시 말해 아르메스가 약한 것이 아니라 마왕 포르미카가 그만큼 강했던 것이고, 또한 샤크가 용자에 대한 기준을 너무 높이 잡고 있었던 까닭도 있었다.

그래서 일단은 살려 주었다. 물론 아르메스가 마음에 들어 살려 준 것이 아니다 보니, 뭔가 그를 살려 줄 명분은 필요했다. 그러나 명분을 굳이 따져서 무엇하겠는가? 일단 살려 줬으면 그걸로 된 거다.

특히 지금은 더 이상 그에 대해 고민할 때가 아니었다. 그보다 더욱 시급한 일을 해결해야 할 때였다. 마왕 포르미카가 광기 서린 눈빛을 번뜩이며 다가오고 있었으니까.

"애송이 놈! 어디 네가 말한 만큼 건방을 한 번 떨어 보아라."

 윙 블레이드를 대검으로 변환시킨 포르미카의 입가에는 조소가 가득 맺혀 있었다. 그는 마치 뱀이 개구리를 노려보는 듯 오연한 눈빛으로 샤크를 내려다봤다. 그는 자신이 마음만 먹으면 언제든 샤크를 끝장낼 수 있으리라 확신하는 듯했다.

 "무얼 망설이는 것이냐? 이제 내가 이 검을 휘두르면 네겐 꿈틀댈 기회조차 주어지지 않을 것이다."

 그러자 샤크가 차갑게 웃으며 고개를 끄덕였다. 본래 자신이 먼저 선공을 양보했는데, 저리 나온다면야 굳이 사양할 이유가 없었다.

 "너는 그 말을 한 것을 크게 후회하게 될 것이다."

 "크카카캇! 후회라고? 어디 한번 재롱을 떨어 보아라, 애송이 놈."

 그 말과 함께 포르미카는 대검을 번쩍 쳐든 채 샤크를 노려보았다. 딱 보니 선공을 양보한다고는 했지만 여차하면 먼저 대검을 휘두를 기세였다. 확실히 마왕다운 자세였다.

 스스슷—

 그때 샤크의 오른손에 은빛의 장검이 나타났다. 은빛으로 투명하게 빛나는 그 검이 그의 손에 들린 순간 형언할 수 없이 강력한 기세가 폭풍처럼 일어났다.

'저, 저건 설마?'

포르미카의 두 눈빛이 떨렸다. 가소롭다는 듯 조소를 흘리고 있던 그의 표정이 딱딱하게 굳어지더니 이내 경악으로 물들었다.

'이럴 수가! 저놈이 마왕이었단 말인가?'

샤크가 감추었던 자신의 기세를 노출시키는 순간 포르미카는 그가 마왕임을 알아볼 수 있었다. 그것은 충격 그 자체였다.

그는 마왕인 자신이 마왕을 눈앞에 두고도 못 알아봤다는 것이 도무지 믿기지 않았다. 동시에 그토록 감쪽같이 자신의 기세를 감출 수 있는 샤크의 능력에 두려움을 느끼지 않을 수 없었다.

츠츠츠!

그때 은빛 장검의 검신이 찬란한 광채로 휩싸이는가 싶더니 곧바로 포르미카를 향해 날아들었다. 포르미카는 긴장한 표정으로 대검을 들어 방어 자세를 취했다. 보통의 검이었다면 코웃음 쳤겠지만, 그는 긴장한 채 전력을 다해야 했다. 그 또한 샤크가 마왕의 윙 블레이드를 장검으로 변환시켰음을 알아본 까닭이었다.

콰앙!

장검과 대검이 격돌하자 대지가 갈라지는 듯한 거대한 굉음이 일었다. 그로 인해 일어난 충격파가 사방으로 파동처럼 퍼져 나갔고 그것에 휘말린 이들의 전신을 무참히 날려 버렸다.

"크아아악!"

"꾸악!"

아까 포르미카의 포효에서 용케 살아남은 이들도 이번 충격에는 버티지 못했다. 이제 무풍지대에서 살아 있는 이들은 용자 아르메스와 샤크 일행, 그리고 마왕 포르미카 뿐이었다.

그러나 그것도 잠시일 뿐, 생존자 중 하나가 또 사라지게 되었으니. 샤크의 은빛 장검을 당차게 받아냈던 포르미카의 몸이 부르르 떨리기 시작했다.

"크, 크으으윽! 이건 말도 안 돼!"

그의 피부가 용암처럼 들끓었다. 이글이글 타오르던 그의 피부는 이내 증발하기 시작했고 그로부터 마치 오래된 암석이 순식간에 부식되어 흩어지듯 그의 몸이 무너져 내렸다.

그것이 끝이었다. 오래도록 환야의 벌판에서 악명을 떨

치던 마왕 포르미카는 그렇게 환야의 먼지로 자취를 감췄다. 그가 쌓아왔던 악명에 비하면 허무할 정도로 초라한 최후였다.

휘릭!

샤크는 은빛 장검을 바람처럼 휘돌린 후 등 뒤로 착검했다. 마치 등 뒤에 검갑이라도 있는 듯 멋들어진 동작! 물론 그 순간 은빛 장검은 예의 은빛 날개로 돌아갔다.

잠시 신비롭게 반짝이던 은빛 날개는 이내 투명화되어 시야에서 사라졌다. 악명 높은 마왕과 격전을 치렀지만 샤크는 여전히 가벼운 산책이라도 한 듯 담담한 표정이었다.

그러던 샤크의 표정이 이내 엄숙해지더니, 곧바로 그의 몸에서 은빛의 광휘가 일어남과 동시에 온갖 찬란한 형형색색의 빛들이 폭풍처럼 휘돌며 환야의 상공으로 날아올랐다.

화아아아! 화아아악!

이는 마왕 포르미카에게 구속되어 있던 인간과 이종족들의 영혼들을 샤크가 풀어 주며 벌어지는 광경이었다. 온갖 기괴한 일이 숱하게 벌어지는 이 환야의 세계에서도 좀처럼 구경하기 힘든 신비하고 아름다운 광경!

'크윽! 저 아까운 것들을 또 버리는군.'

매릭과 루델은 인상을 일그러뜨리는 반면 로니안과 라우벤은 가슴 벅찬 희열을 느꼈다. 로니안은 샤크가 마왕이라는 사실을 알고 난 후 속으로 그가 무척 두려웠지만, 인간의 영혼들을 자유롭게 풀어 주는 모습을 보자 그런 두려움이 감쪽같이 사라져 버렸다.

'역시 로드야.'

라우벤 또한 자신의 로드인 샤크가 마왕이라는 것을 알았을 때는 깜짝 놀랐었다. 그러나 그는 의외로 담담히 그것을 받아들였다. 비로소 그는 샤크의 불가사의한 강함이 무엇에서 비롯되었는지 대략 이해가 되었던 것이다.

그리고 라우벤은 사실 샤크가 마왕이 아니라 그보다 더한 존재라 해도 변함없이 그를 따를 생각이었다. 샤크가 비록 종잡을 수 없는 괴팍한 성격을 가지고 있지만, 그가 추구하는 것이 그 어떤 용자보다 더 협의롭다는 것을 잘 알고 있기 때문이었다.

라우벤이 볼 때 자신의 로드인 샤크는 협의의 화신이었다. 그도 협의가 무엇인지에 대해 샤크에게 배웠으니까. 그리고 샤크와 함께 있으면 마물이나 마족은 물론이요, 심지어 마왕이라 해도 어쩔 수 없이 협의를 추구할 수밖에 없음을 알고 있었다.

스윽.

잠시 후 영혼들이 모두 환야의 저편으로 사라지자 샤크는 힐끗 아래를 내려다보더니 땅바닥에서 빛나는 푸른빛의 대검을 집어 들었다. 포르미카가 죽었지만 그의 날개가 변환된 대검은 그대로 남아 있었다.

본래라면 포르미카가 죽으면서 이 또한 사라졌어야 했다. 만일 윙 블레이드 상태였다면 포르미카의 몸이 부서짐과 동시에 그것도 박살 나겠지만, 대검의 형태로 변환시켜 그의 몸에서 떼어 놓았던 까닭에 부서지지 않은 모양이었다.

'흠, 이건 라우벤에게 꽤 좋은 선물이 되겠군.'

비록 포르미카가 살아 있을 때에 비해서는 그 강도가 많이 약해졌지만 그래도 여전히 아주 강력한 위력을 지니고 있었다. 라우벤이 소지하고 있는 대검과는 비할 수 없이 강력한 무기인 것이다.

샤크는 즉시 라우벤을 불러 대검을 건네주었다.

"받아라. 이걸 제대로 쓸 줄 알게 되면 너는 어지간한 마왕이라도 동강 내 버릴 수 있게 될 것이다. 설령 제대로 쓰지 못해도 지금 네가 가지고 있는 대검보다는 훨씬 쓸 만하겠지."

사실 라우벤이 가진 대검도 평범한 것은 아니었다. 고대의 장인이 만든 마법 검이었으니 말이다. 그러나 그것이 어찌 마왕 포르미카의 날개에 비할 수 있겠는가. 이런 엄청난 무기를 얻은 건 일생일대의 행운이 아닐 수 없으리라. 짙푸르게 빛나는 대검의 검신을 쓸어 보는 라우벤의 가슴이 세차게 뛰었다.

"어떠냐? 마음에 드느냐?"

"무척 마음에 들지만 제가 어찌 이 귀한 것을 감히 받을 수 있겠습니까?"

그러자 샤크는 의미심장한 미소를 지었다.

"그럼 이리 내라. 오르덴들에게 팔면 돈이 제법 되겠지."

"헉! 아닙니다."

라우벤은 움찔하며 황급히 뒤로 물러났다. 그는 예의상 사양하는 척했을 뿐인데 샤크가 바로 돌려 달라고 할 줄은 몰랐던 것이다. 그런 라우벤의 당황하는 모습을 본 샤크는 피식 웃으며 마차 쪽으로 향했다.

"더 이상 볼 일 없으면 그만 출발해라, 매릭."

"예, 로드."

매릭은 바싹 긴장한 채로 얼어 있었다. 그는 물론 샤크가 당연히 포르미카보다 강한 줄은 알았지만, 그토록 압도적일 줄은 몰랐던 것이다. 자신의 실력을 숨기고 있던 포르미카가 전력을 드러냈음에도 샤크가 휘두른 단 일격에 먼지가 되어 흩어져 버릴 줄이야.

'나도 조심해야겠군. 잘못 보이면 끝장이다.'

매릭은 샤크가 두려웠다. 샤크가 강한 것도 있지만, 그가 같은 마왕이라 해도 주저 없이 죽여 버린다는 것이 문제였다. 그것이 매릭을 더욱 공포스럽게 했다.

물론 마왕들은 대부분 친하게 지내는 법이 거의 없고 수시로 다투는 것이 일상이라 할 수 있었다. 그러나 웬만해서는 마왕이 마왕을 죽이는 경우는 없었다.

그것은 같은 마왕을 동정해서라기보다는 환야의 세계에서 자신들의 원수라 할 수 있는 용자들을 견제하기 위함이었다. 마왕이 마왕을 죽이는 것은 원수인 용자들에게 힘을 실어 주는 것이나 마찬가지 아니겠는가?

그런데 샤크는 그따위는 상관없다는 듯 마왕 포르미카를 서슴없이 죽여 버렸다. 오히려 용자인 아르메스를 살려 주고 말이다. 매릭은 그런 샤크의 특이한 행동에 대해서는 이미 이해하기를 포기한 상태였다. 그리고 매릭은 샤크가 자신을 살려 두고 있는 것이 라우벤과 로니안 때문임을 다시

한 번 자각했다.

'그러고 보니 저 꼴 보기 싫은 라우벤과 로니안의 저주가 풀리는 날이 어쩌면 내가 죽는 날이 될지도 모르겠군.'

그 생각을 하자 그는 왠지 가슴이 서늘해졌다. 본래 그는 최대한 빨리 라우벤과 로니안의 저주가 풀려 끔찍한 채찍질에서 벗어나고 싶었지만, 다시 생각해 보니 차라리 그들의 저주가 풀리지 않는 것이 나을 듯했던 것이다.

"저기, 잠깐만 기다려 주십시오!"

한편 샤크가 마차 쪽으로 걸어가자 그때까지 한쪽에서 멍하니 서 있던 아르메스가 다급히 달려왔다. 그는 자신의 충성스러운 드래곤 기사들을 잃은 것으로 인해 크게 상심해 있었지만, 자신을 구해 준 샤크를 이대로 보낼 수는 없다는 생각이었다.

아르메스가 바보가 아닌 이상 샤크가 자신을 구해 줬음을 어찌 모르겠는가. 무엇보다 환야에서 악명이 자자한 마왕 포르미카를 해치워 버렸으니 그는 솔직히 샤크를 향해 절이라도 하고 싶은 심정이었다.

그러나 한편으로 그는 매우 혼란에 빠져 있기도 했다. 그가 볼 때 샤크는 아무래도 마왕 같았다. 처음에는 몰랐지만 샤크가 잠시 자신의 기세를 드러내는 순간 아르메스는 용자의 특별한 직감으로 샤크의 정체를 간파했던 것이다.

물론 그는 자신의 직감이 틀렸다고 믿고 싶었다. 용자의 직감이 틀릴 리가 만무하지만 샤크의 정체를 마왕으로 보기엔 미심쩍은 부분이 많았기 때문이다.

'마왕이 용자인 나를 살려 주고 다른 마왕을 죽인다? 그럴 리가 있나?'

스스로 생각해도 기막힌 소리였다. 어디 가서 이런 말을 하면 미쳤다고 할 것이 틀림없었다.

'저자가 정말로 마왕이라면 왜 나를 살려 주고 다른 마왕을 죽인 것일까?'

그리고 다른 어떤 것보다 그를 충격에 빠뜨린 장면이 있었다. 그는 설마 샤크가 마왕 포르미카에게 구속되어 있었던 영혼들을 해방시켜줄 줄은 상상도 못 했던 것이다.

그와 같은 일은 바로 용자들의 사명이 아니었던가. 실제로 아르메스 역시 지금껏 적지 않은 인간들의 영혼을 해방시켜 주었다. 그의 손에 죽임을 당한 마왕들이 다섯이나 되었으니까.

그런데 마왕으로 추정되는 샤크가 그런 선한 일을 할 줄이야! 그 순간 아르메스는 감격에 젖어 눈물까지 흘리고 말았다.

따라서 그런 것들을 고려해 보면 샤크는 절대 마왕일 수 없었다. 하지만 아까 아르메스를 긴장시켰던 섬뜩한 느낌! 그것은 샤크가 마왕임을 확신케 했었다. 그것은 단순한 느낌이 아닌 용자의 본능에서 나오는 직감인데 설마 그것이 틀렸단 말인가? 그 또한 말도 안 되는 소리였다.

'대체 저 자의 정체는 뭘까?'

어느 쪽으로도 말이 안 되니 아르메스는 섣불리 결론을 내릴 수가 없었다. 그렇게 혼란스러워하는 그를 향해 샤크가 차갑게 물었다.

"용건이 뭐지? 기다려 달라고 했으면 말을 해야 하지 않겠나?"

"그게 그러니까……."

아르메스는 순간 뭐라고 말을 해야 할지 알 수 없어 더듬거렸다. 그러자 샤크의 인상이 더욱 차가워졌다.

'쯧! 불쌍해서 살려 주긴 했지만 보면 볼수록 마음에 안 드는 녀석이군.'

아무리 봐도 용자다운 구석이라고는 조금도 없었다. 하늘도 불공평하지, 어찌 저따위 한심한 녀석에게 용자의 운명을 주었단 말인가?

오죽하면 샤크는 아르메스를 한바탕 손봐 주고 싶은 충

동이 일 정도였다.

샤크의 눈초리가 사나워지자 아르메스는 왠지 주눅이 드는 자신을 발견했다. 그러나 그는 샤크를 향해 정중히 예를 표하며 말했다.

"일단 저를 구해 주신 것에 감사드립니다. 당신이 아니었다면 저는 살아남지 못했을 것입니다."

"난 보기 싫은 녀석을 해치웠을 뿐이다."

"그 덕분에 제가 살았습니다."

"그거야 나와는 상관없는 일이야."

샤크는 무극지기를 투입해 아르메스의 부상을 치료해 주었지만, 짐짓 그런 일은 전혀 하지 않은 것처럼 말했다. 그러나 아르메스는 샤크 외에는 그럴 만한 존재가 없음을 확신하고 있었다.

'나를 구해 줬으면서도 왠지 나를 무척 못마땅하게 여기고 있군. 역시 마왕이어서인가?'

그러나 그것도 이상했다. 마왕이 무엇 때문에 용자를 구해 준단 말인가? 용자를 죽이지 못해 안달이 나야 정상일 텐데 말이다. 결국 아르메스는 궁금증을 이기지 못하고 묻고 말았다.

"실례지만 혹시 당신의 정체가 무엇인지 알 수 있겠습니까?"

"그건 이미 네가 짐작하고 있을 것이다."

샤크의 싸늘한 답변에 아르메스는 머릿속이 다시 복잡해졌다. 그는 이해할 수 없다는 듯 고개를 흔들며 말했다.

"당신이 마왕이라면 왜 나를 구했는지 모르겠군요. 나와 당신은 공생불가의……."

그러자 샤크의 인상이 구겨졌다.

"다시 말하지만 난 네놈을 구해 준 적 없어. 난 그저 보기 싫은 녀석을 해치웠을 뿐이라고! 알아들었느냐?"

샤크의 두 눈에서 하얀 섬광 같은 빛이 번쩍이자 아르메스는 가슴이 철렁 내려앉는 듯해 재빨리 고개를 끄덕였다. 그런 그의 오른쪽 어깨를 샤크가 꽉 잡더니 험상궂은 눈빛을 지었다.

"쓸데없는 참견 같아서 그냥 가려고 했는데 말이 나왔으니 몇 마디만 더 해야겠다. 이 한심한 놈아! 용자라면 용자답게 강해져라. 마왕들에게 얻어터지고 다니지 말고 말이야."

"예?"

아르메스는 멍한 표정을 지었다. 마왕에게 맞고 다니지 말라니! 용자답게 강해지라니! 이것이 정녕 마왕이 용자에게 하는 말이 맞단 말인가?

그렇게 어안이 벙벙한 표정으로 멀뚱히 서 있는 아르메스를 뒤로하고 샤크는 돌아섰다. 그러다 그는 뭔가 또 생각이 났는지 힐끗 아르메스를 돌아보며 물었다.

"참, 한 가지만 물어보자. 혹시 네가 수호하는 대륙에 성녀가 있느냐?"

아르메스는 고개를 끄덕였다.

"파트리아 대륙에 성녀야 물론 있습니다만……."

"그래?"

샤크의 안색이 밝아졌다. 잘하면 의외로 라우벤과 로니안의 저주를 빨리 풀어 줄 수 있으리란 기대 때문이었다. 확실히 용자를 구해 주길 잘했다는 생각이 들었다.

"그럼 그 성녀가 가진 신성력의 수준은 어느 정도지?"

"웬만한 상처는 기도만 해도 낫습니다."

상처 치료라고? 샤크는 살짝 인상을 찌푸렸다. 무극지기를 가진 그가 볼 때 상처를 치료하는 것쯤은 별로 대단한 것이 아니었다.

"그보다 저주 해제 능력은?"

마왕이 저주를 풀 수 있느냐는 질문을 하다니. 아르메스는 왠지 어이가 없었지만, 공손히 대답을 하지 않을 수 없었다. 어쨌거나 샤크는 그의 생명의 은인이었으니까.

"글쎄요. 그건 그녀에게 직접 물어보지 않으면 알 수 없습니다. 그런데 구체적으로 어떤 저주인지 여쭤 봐도 되겠습니까?"

샤크는 굳이 숨길 필요 없다는 생각에 사실대로 말했다.

"이모털 무타티오라고 마왕들도 풀지 못하는 가장 끔찍한 저주가 있는데, 하필이면 그 빌어먹을 저주에 당한 녀석들이 있어서 말이야. 듣자 하니 신성력이 아주 강한 성녀만이 그 저주를 풀 수 있다고 하더군."

"이모털 무타티오!"

아르메스는 경악성을 발했다. 용자인 그는 자신의 대적들인 마왕들의 각종 마법들에 대해 제법 많은 지식을 갖고 있었다. 따라서 그중 가장 악명이 자자한 저주마법인 이모털 무타티오에 대해 어찌 모르겠는가?

반면 샤크는 아르메스가 그것을 알고 있는 눈치를 보이자 뜻밖이라는 표정을 지었다. 멀리서 둘의 대화를 듣고 있던 라우벤과 로니안은 기대가 가득한 눈빛으로 아르메스를 쳐다봤다. 샤크가 물었다.

"어때? 가능하겠나?"

"아무래도 그건……."

아르메스는 무겁게 고개를 흔들었다. 그는 파트리아 대륙의 성녀인 세레노가 과연 이모털 무타티오의 저주를 풀어줄 만큼 강력한 신성력을 가지고 있을지는 확신하지 못했던 것이다.

그러다 그는 샤크의 표정이 딱딱하다 못해 험악하게 굳어지는 것을 보고는 흠칫 놀랐다. 순간 가슴이 서늘해진 그는 자신도 모르게 말했다.

"아무래도 성녀에게 직접 물어봐야 할 것 같군요."

본래는 불가능할 것 같다는 말을 하려고 했지만, 그 말을 했다간 왠지 봉변을 당할 것 같았다. 과연 그 말을 하자 샤크의 표정이 눈에 띄게 부드러워졌다.

"하긴 직접 물어보는 것이 가장 빠르겠군."

샤크의 말에 아르메스는 움찔했다. 그 말은 샤크가 파트리아 대륙을 방문하겠다는 뜻이 분명했기 때문이다. 아무리 샤크가 보통의 마왕과는 달라 보인다지만 그래도 마왕임은 틀림없다.

따라서 샤크를 파트리아 대륙에 데려가는 건 매우 꺼림칙한 일이었다. 더욱이 용자인 자신이 마왕을 데리고 귀환한다는 건 말도 안 되는 소리였다.

'후! 골치 아프게 됐군.'

그는 조금 전 샤크가 떠날 때 차라리 그냥 모른척할 것을 공연히 붙잡았다는 후회감도 들었다. 사실 마왕에게 도움을 받았다 해도 용자인 자신이 고마움을 표시할 필요는 없었다. 마왕이 무슨 변덕으로 그런 일을 벌이는지 알 수 없으니 말이다.

그리고 설령 마왕이 일시지간 정신이 나가 선심을 베풀어 용자에게 도움을 주었다 해도, 그 둘이 공생불가의 대적임은 변하지 않는 사실 아닌가?

그러나 아르메스는 문득 입술을 깨물며 고개를 흔들었다. 설사 샤크가 변덕을 부렸다 해도 자신을 도와준 것은 틀림없는 사실이었다. 또한 샤크가 아니었다면 그는 이미 죽은 목숨이었다.

'그가 내게 도움을 주었으니 나 또한 도움을 주는 것이 맞다. 또한 그가 비록 마왕일망정 수많은 영혼들을 풀어 주지 않았던가? 마땅히 내가 해야 할 일을 그가 대신해 주었는데 어찌 그를 돕지 않을 수 있단 말인가?'

아르메스는 결연한 눈빛으로 샤크를 쳐다봤다. 그리고 자신이 생각한 바를 그대로 말했다.

"솔직히 당신이 마왕이기에 무척 꺼림칙한 것이 사실입니다. 그러나 당신이 내게 큰 도움을 주었으니 나 또한 당신에게 도움을 주려 합니다. 나와 함께 세레노 성녀가 있는 파트리아 대륙으로 가시겠습니까?"

순간 샤크의 두 눈에 이채가 어렸다. 그는 아르메스가 아무리 자신에게 도움을 받았다 해도 그가 용자인 이상 지금처럼 말하는 것이 쉽지 않음을 알고 있었다. 고귀한 성녀에게 마왕을 데려간다는 것이 어찌 쉬운 일이겠는가?

'생각보다 괜찮은 녀석이군.'

샤크가 특히나 마음에 드는 것은 아르메스의 솔직함이었다. 그는 샤크가 마왕인 것이 꺼림칙함을 대놓고 말했고, 그럼에도 불구하고 도움을 주겠다고 한 것이다. 따라서 샤크는 적어도 아르메스가 겉으로는 아닌 척하다 속으로 뒤통수를 치는 족속은 아님을 확신할 수 있었다.

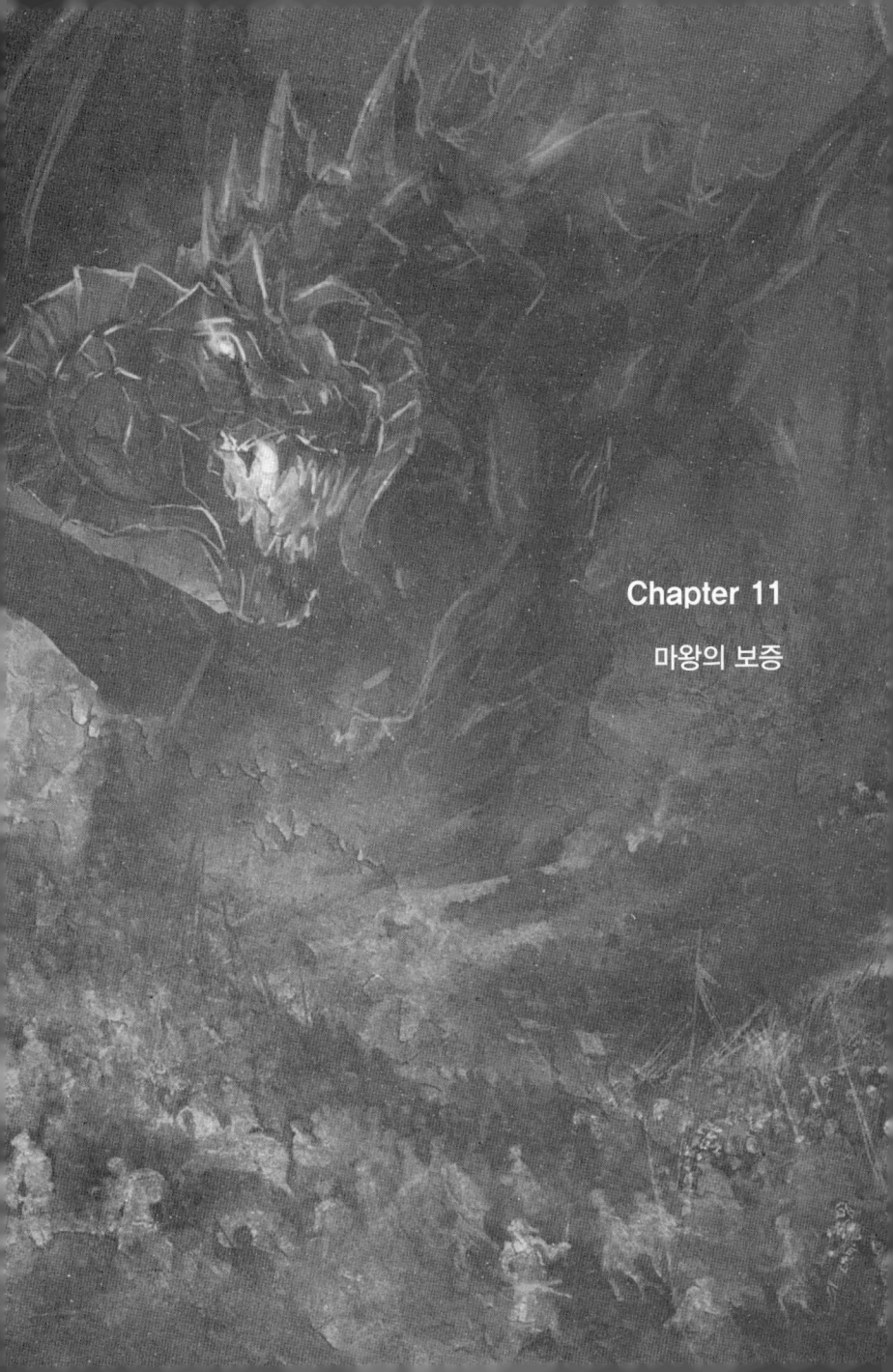

Chapter 11

마왕의 보증

두두두— 두두두두—

여덟 마리의 블러디 윈드들이 마차를 끌고 환야의 벌판을 힘차게 달렸다. 마차에는 본래 샤크를 비롯해 다섯 명의 일행이 타고 있었는데, 이번에 용자 아르메스가 새로운 일행으로 추가되었다.

아르메스가 수호하고 있는 파트리아 대륙은 오르덴의 도시인 트라구다를 지나서도 한참을 더 가야 했다. 그곳은 블러디 윈드들이 이끄는 마차로 이동할 경우 트라구다에서 대략 20디에스 정도의 거리에 위치해 있었다.

따라서 샤크는 일단 목표지인 트라구다에 먼저 방문한

후 파트리아 대륙을 향해 이동하기로 했다. 그는 마차의 2층 자신의 방에서 탁자 위에 놓인 하얀 빛의 돌들을 흐뭇하게 바라보는 중이었다.

'이것들을 처분하면 꽤 돈을 받을 수 있다 했으니 그걸로 필요한 것들을 사야겠군.'

이 돌들은 샤크가 마왕 포르미카를 해치우고 나오는 도중 무풍지대 곳곳에서 발견한 차원석들을 챙긴 것이었다. 이것들만 있으면 매릭이 말한 힘겨운 앵벌이 따위는 하지 않아도 될 것이다.

트라구다.

이곳은 환야의 차원 벌판에 신비한 문명을 구축했다는 오르덴들이 만든 도시의 하나였다. 엄청난 위용을 자랑하는 웅장한 건물들이 끝없이 늘어져 있는 도시의 모습이 아주 먼 곳에서부터 보일 정도였다.

그런데 도시의 입구에 도착하자 번쩍이는 푸른 갑주를 장착한 수백여 명의 오르덴 병사들이 마차를 가로막았다. 마부석에 있던 매릭이 귀찮다는 표정으로 그들을 노려봤다.

"뭐냐?"

"방문객들이여! 일단 마차에서 내려 주시길 바랍니다. 트라구다에 들어가기 위해서는 자격이 필요합니다."

"무슨 자격? 내가 누군지 딱 보면 모르겠느냐?"

"당신이 마왕이든 용자이든 우리와는 아무 상관이 없습니다. 심사를 받으려면 마차에서 내려 저쪽에 있는 줄에 서 주십시오. 늦게 설수록 대기 시간이 길어질 것이니 서두르는 게 현명할 것입니다."

오르덴 병사는 한쪽을 가리켰다. 심사 장소로 보이는 커다란 건물 앞에는 어디에서 몰려왔는지 언뜻 봐도 수천 명이 넘는 자들이 줄을 서고 있었다.

"줄을 보니 심사가 꽤 오래 걸리겠군."

그러자 오르덴 병사가 씩 웃었다.

"심사를 즉시 받고 싶으십니까? 그럼 일 인당 10베카의 심사비를 지불하면 됩니다. 아, 참고로 심사비는 오직 오르덴의 화폐인 베카와 가디로만 가능하지요. 현물은 받지 않으니 참고해 주십시오."

그 말에 매릭은 인상을 구겼다.

'망할! 천 년이 지나도 이놈들은 변한 게 없구나.'

돈이면 다 되는 더러운 세상! 물론 돈만 많으면 이곳처럼 편한 곳도 없긴 했다. 문제는 그가 현재 가진 돈은 단 1

가디도 없다는 것. 그렇다고 줄을 서서 기다리고 싶지는 않았다. 그런 귀찮은 일은 그가 가장 싫어하는 일이었으니까. 매릭은 고개를 돌려 샤크를 쳐다봤다.

"로드, 어찌하시겠습니까? 줄을 섰다간 시간이 한참 걸릴 것 같습니다만."

"그래도 돈이 없는데 별수 없지 않으냐?"

샤크는 이곳에서 비싸게 취급된다는 차원석을 12개나 가지고 있었지만, 심사비는 오직 오르덴의 화폐인 베카와 가디만 받는다 했다. 오늘이야 어쩔 수 없는 일이고, 앞으로 이런 번거로운 일을 피하기 위해서는 필히 이것들을 팔아 돈으로 가지고 있는 것이 좋을 것이다.

그러자 매릭이 힐끗 샤크 뒤쪽에 있는 루델을 노려봤다. 그는 루델이 그녀의 아공간에 제법 돈을 가지고 있으리라 확신했다. 명색이 최상급 마족이며 오래도록 환야의 벌판을 누볐던 루델이 돈이 없다는 것은 말도 안 되는 소리였다.

그러나 루델은 시치미를 뚝 떼고 있었다. 매릭은 보다 못해 한소리 했다.

"어이, 루델 누나! 그러지 말고 돈 좀 내는 게 어때? 저 끝없이 늘어진 줄 뒤로 서는 건 아주 끔찍한 일이라고."

"돈이라니? 무슨 소리? 나 돈 없어."

루델은 그 말이 나오기 무섭게 고개를 돌려 버렸다. 매릭의 인상이 험악하게 일그러졌지만, 그녀는 모른척했다.

"큭! 돈이 없긴. 누나가 꽤 부자인 걸 다 알고 있는데 말이야. 그깟 얼마 안 되는 돈을 아끼자고 로드께서 저 긴 줄을 서게 하다니 해도 너무하는 것 아니야?"

그 말에 샤크의 인상도 험악해졌다. 그는 루델을 노려봤다.

"루델, 설마 돈이 있으면서도 없는 척하는 것이냐?"

"호호! 그럴 리가요. 제가 돈이 어디 있겠어요, 로드?"

루델은 흠칫 놀랐지만 여전히 시치미를 뚝 뗐다. 물론 그녀는 아공간에 제법 많은 돈을 가지고 있었다. 그러나 본래 그녀는 무척 구두쇠인 터라 그 돈을 꺼내 쓸 생각은 전혀 없었다.

특히 그녀는 지금껏 수많은 오르덴의 도시를 방문했지만 단 한 번도 심사비를 내고 들어간 적이 없었다. 돈이 없어서가 아니라 아까워서였다.

물론 이 심사대기 시간이 제법 긴 것은 사실이었다. 빠르면 클라우드 대륙의 시간으로 하루 정도면 끝나지만, 길 때는 몇 달이 걸릴 수도 있는 것이다. 그래도 그냥 기다리면 해결될 일인데 뭐하러 피 같은 10베카를 날리겠는가?

곧바로 루델은 샤크를 보며 해죽 웃었다.

"호호! 너무 염려 마세요, 로드. 대기자가 몇천 명밖에 안 되니 그리 오래 안 걸릴 거예요."

그러자 매릭이 입을 삐죽였다.

"오래 안 걸리긴. 딱 봐도 3디에스는 걸리겠구만."

3디에스는 클라우드 대륙의 시간으로 무려 30일에 해당하는 시간이다. 그 말을 듣자 샤크의 인상이 다시 험상궂게 변했다.

잠깐이면 되는 줄 알았는데 30일이라니. 아무리 그가 느긋하기 그지없는 성격이라지만 무려 30일 동안 대기 시간으로 멍을 때리고 싶은 생각은 없었다. 더구나 돈만 내면 굳이 기다릴 필요가 없다지 않은가?

"다시 묻겠다. 정말로 돈이 없느냐, 루델?"

"없어요."

샤크의 눈빛이 번뜩였다.

"너 내가 세상에서 제일 싫어하는 것이 무엇인지 알고 있지?"

"알아요. 배신 아닌가요?"

이는 루델이 샤크에게 귀에 딱지가 생기도록 들은 얘기

였다. 샤크는 싸늘히 웃었다.

"잘 알고 있어 다행이구나. 나는 다른 것에는 비교적 관대하지만 배신을 하는 녀석들은 절대 용서하지 않는다."

순간 루델은 요염하게 미소 지었다.

"저는 절대 로드를 배신하지 않을 테니 염려 마세요."

"물론 그렇겠지. 나는 네가 설마 돈이 있으면서도 없는 척 배신을 때리진 않을 것이라 생각한다. 그런 건 절대 용서 못 하거든."

"그, 그런 것도 배신이라 할 수 있어요?"

루델이 움찔 놀라 물었다. 그러자 샤크는 당연하다는 듯 고개를 끄덕였다.

"그야 물론 아주 파렴치한 배신행위지. 등에 칼을 꽂는 행위와 다를 바 없는 짓이다."

순간 루델은 왠지 불안했지만 그렇다고 돈을 내놓을 생각은 없었다. 그녀는 단 1가디도 없다는 듯 우울한 표정을 지었다. (1베카=100가디)

"환야를 정처 없이 떠돌던 제게 무슨 돈이 있겠어요? 단 1가디라도 있었으면 좋겠네요."

루델이 워낙 처량 맞은 얼굴을 하니 누가 봐도 속을 정도였다. 샤크는 속으로 어이가 없었지만 그렇다고 뭐라고 하

마왕의 보증 261

기도 그랬다. 딱 봐도 루델이 제법 돈이 있음을 그 역시 눈치챈 건 사실이었다. 그러나 본인이 없다고 하는데 어쩌라는 말인가?

그렇다고 그가 루델의 아공간을 뒤져 확인하기란 불가능한 일이었다. 그리고 설령 그것이 가능하다 치자. 아무리 샤크가 루델의 로드라 한들 치사하게 그녀의 사유재산까지 일일이 간섭할 수는 없는 일 아닌가.

"뭐. 없다면 어쩔 수 없지. 기다렸다가 들어가야겠군."

샤크가 쓴웃음을 지으며 고개를 끄덕이자 루델은 비로소 안도하며 환하게 웃었다.

"호호! 다들 기다리는데 좀 일찍 들어간다고 좋을 것 있겠어요? 얘기나 하면서 기다리다 보면 시간은 금방 지나가요."

"금방은 개뿔! 3디에스가 금방이냐?"

옆에서 매릭이 잡아먹을 듯 루델을 노려봤지만, 그녀는 눈 하나 깜빡하지 않았다. 매릭은 속으로 치를 떨었다.

'크으! 하여간 정말 독한 년이라니까!'

그는 루델이 설령 돈이 있는 걸 들키더라도 내놓지 않을 것이란 것도 잘 알았다.

'젠장! 이거 꼼짝없이 저 줄을 다 기다려야 할 판이잖아.

이런 건 내가 제일 싫어하는 건데…….'

울상을 짓던 매릭의 시선이 문득 붉은 머리 청년을 향했다. 그의 인상이 확 일그러졌지만, 그는 이내 인상을 부드럽게 바꾸고 의미심장한 미소를 지었다.

'그렇지. 저놈이라면?'

라따 로니안과 즐겁게 대화를 나누고 있는 붉은 머리 청년, 그는 다름 아닌 용자 아르메스였다. 매릭은 어슬렁거리며 그쪽을 향해 걸어갔다.

아르메스가 얼마 전 일행이 되었지만, 매릭은 그와 아직 한 마디도 대화를 나눠 본 적이 없었다. 마왕인 그로서는 용자인 아르메스가 무척 못마땅했기 때문이다.

그것은 아르메스 역시 마찬가지였다. 그는 매릭과 시선조차 교환하려 하지 않았다. 용자인 그는 매릭이 마왕이며 루델이 최상급 마족이란 사실을 단번에 알았다. 본래라면 그 순간 지체 없이 치열한 전투가 벌어졌겠지만, 그들이 샤크의 권속인 것을 알게 되자 참을 수밖에 없었다.

루델은 마족이니 그렇다 치지만, 매릭은 마왕이었다. 마왕이 마왕 권속을 데리고 있다는 것은 무척 특이한 일이었다. 그러나 샤크라는 존재 자체가 워낙 특이함 그 자체였기에 아르메스는 그냥 그러려니 하고 넘어갔다.

그러다 보니 자연스레 그는 라따 로니안과 오크 라우벤과 어울리게 되었다. 그는 그들의 모습이 비록 몬스터이지만 본래는 인간이며 저 사악한 마왕 매릭에 의해 이모털 무타티오라는 끔찍한 저주를 받았다는 사실도 알게 되었다.

그로 인해 그는 매릭을 더욱 증오하게 되었고 더더욱 마부석 쪽으로는 시선도 두지 않게 된 것이었다. 지금도 그는 로니안 등과 이것저것 말을 주고받으며 시간을 보내고 있었다.

로니안은 유독 아르메스를 잘 따랐다. 그가 용자라는 사실이 그녀의 호기심을 자극했기 때문이었다. 또한 라우벤 역시 같은 이유로 아르메스에게 상당한 호의를 갖게 됨은 당연했다.

그런데 그때 갑자기 매릭이 접근해 올 줄이야. 아르메스는 긴장했다. 귀여운 소년 형상의 매릭은 아르메스가 자신을 쳐다보자 짐짓 사람 좋아 보이는 미소를 지었다.

"어이, 형! 이 긴 줄을 설마 다 기다릴 생각은 아니겠지?"

어이, 형이라니! 뭔가 상당히 어색한 호칭이었다. 사실 매릭은 로니안 등의 눈치를 보고 어쩔 수 없이 그렇게 말한 것이었다. 그리고 한때 권속이었던 마족 루델에게도 누나라고 부르는 신세인데, 까짓것 용자 놈에게 형이라고 부르지 못할 것도 없었다.

"내게 무슨 말이 하고 싶은 건가?"

아르메스가 매릭을 싸늘히 노려보며 물었다. 그의 차가운 대꾸에 매릭은 킥 하고 가소롭다는 듯 웃음을 짓고는 말했다.

"이거 실망인걸. 마족들이야 원래 구두쇠라지만 용자인 형까지 그럴 줄은 몰랐어."

"구두쇠라니, 그게 무슨 뜻인가?"

아르메스는 심히 불쾌하다는 표정을 지었다. 그는 매릭이 무서워서 피하는 것이 아니었다. 매릭이 자신의 은인인 샤크의 권속이기에 가급적 충돌을 일으키고 싶지 않아 피하고 있었을 뿐이다.

그런데 이렇게 대놓고 시비를 걸어온다면 어쩌라는 말인가? 아르메스의 눈빛이 사나워졌다. 심지어 로니안과 라우벤 역시 무슨 헛소리를 하냐는 듯 매릭을 노려봤다.

"흥! 매릭, 너 또 혼나고 싶은가 보구나."

"망할 마왕 놈! 이곳에서 채찍질 좀 당하고 싶으냐? 엉?"

그들은 금세라도 채찍을 휘두를 기세였다. 매릭은 움찔

하며 한 걸음 뒤로 물러났다.

'제길, 정말 더러워서 못 살겠군.'

그러나 어차피 이것은 예상했던 반응이었다. 그는 아르메스를 삐딱하게 노려보며 말했다.

"내 말은 형이 용자라면 이런 식으로 하면 안 된다는 거지. 고작 몇십 베카가 아까워 자신을 죽음에서 구해 준 은인을 고생시키고 있으니 말이야."

그 말에 아르메스는 흠칫했다. 사실 그는 일 인당 10베카만 내면 도시로 쉽게 들어갈 수 있음을 알고 있었지만, 짐짓 모른 체 하고 있었다.

그것은 그가 돈이 없어서가 아니라 상당한 구두쇠 기질이 있기 때문이었다. 심지어 예전에 드래곤 기사들과 함께 왔을 때도 그들과 함께 무려 2디에스도 넘는 시간을 꼬박 기다렸다가 들어갔을 정도였다.

따라서 그는 매릭이 와서 따지자 루델처럼 시치미를 딱 떼려고 했다. 그러나 매릭은 그가 그럴 여지를 주지 않았다.

"환야에는 가난뱅이 용자들도 꽤 많다 들었는데 형도 그런가 보지?"

다른 이에게 그런 말을 들었다면 그냥 코웃음 치고 말았을 아르메스였다. 그러나 마왕인 매릭이 그런 식으로 비아냥거리자 울컥하지 않을 수 없었다.

"무엇이! 가난뱅이라니, 그 무슨 말도 안 되는 소리를! 내가 고작 그 정도 돈도 없을 것 같은가?"

순간 매릭의 입가에 회심의 미소가 맺혔다. 그의 미소를 본 아르메스는 아차 싶었으나 이미 늦고 말았다. 그는 매릭에게 말려든 것이다. 아니나 다를까 저쪽에서 담담한 표정으로 서 있던 샤크의 눈빛이 사납게 변했다.

"흠, 그러니까 돈이 있는데도 없는 척 그러고 있었던 것이군."

"그게……."

아르메스는 어색하게 웃으며 뭐라고 변명을 하려고 했지만 샤크는 코웃음을 칠뿐이었다.

"쯧! 그렇게 소심해서야 어디 용자라고 할 수 있겠나? 실력이 부족하면 배포라도 커야지 도무지 용자다운 구석이라고는 조금도 보이지 않는군."

"그게 아니고 말입니다."

아르메스는 쓴웃음을 지었다. 대체 이게 배포와 무슨 상관인 건지? 그는 그저 아껴 쓰는 것이 습관이 되어 있었을 뿐인데 말이다. 그러나 그렇다고 샤크의 말이 틀리다며 반박할 수는 없었다. 그런 일을 벌였다간 그 어떤 불상사가 발생할지 상상하기 힘들었던 것이다.

'어쩔 수 없지.'

어쨌든 더 이상 버틸 수는 없는 상황이었다. 샤크 뿐 아니라 지금껏 그에게 호의적이던 로니안과 라우벤도 무척 실망했다는 듯 차가운 표정을 짓고 있었으니 이대로라면 그가 왕따가 될 판이었다. 곧바로 아르메스는 짐짓 털털하게 웃으며 말했다.

"하하하! 그렇지 않아도 제가 내려고 했는데 깜빡했군요. 저쪽으로 가시죠. 여긴 돈만 내면 들어가는데 굳이 기다리는 건 바보 같은 짓입니다."

"잊을 게 따로 있지. 그런 걸 깜빡했다는 건가?"

"요즘 제가 정신이 좀 없다 보니······."

"아무튼 기억났다니 다행이군. 그럼 들어가도록 하지."

"예."

아르메스는 속으로 울상을 지으며 아공간에서 60베카의 돈을 꺼내 오르덴 병사에게 지급했다. 그러자 그때까지 거만하기 그지없던 오르덴 병사들의 태도가 확 바뀌었다.

"오! 탁월한 선택이십니다."

"자, 이쪽으로 오시죠. 심사를 바로 해드리겠습니다."

덕분에 샤크 등은 수천 명이 넘는 대기자들을 무시한 채 심사관 앞으로 바로 갈 수 있었다.

그런데 본래는 이렇게 일 인당 10베카의 돈을 지불할 경우 아주 간단한 심사 후 별다른 절차 없이 도시 안으로 직행할 수 있는 게 정상이었다. 단, 하나의 조건만 충족된다면 말이다.

그 조건은 반드시 인간이나 혹은 인간과 유사한 종족의 모습이어야 한다는 것! 샤크와 매릭, 루델, 아르메스 등은 이미 인간의 모습이기에 별다른 문제가 없었지만, 라우벤과 로니안은 몬스터의 모습이라 도시 진입이 불가능하니 문제였다.

사실 오르덴의 도시로 진입하는 이들 중 실제 인간은 거의 없었다. 드물게 인간 중 용자로 각성한 자들이나 용자의 부하들 중 강력한 능력을 지닌 이들만이 환야의 차원 벌판을 여행하다 오르덴의 도시를 방문할 뿐.

다시 말해 오르덴의 도시로 들어간 이들은 거의 대부분 인간이 아닌 존재들이었다. 그들 중에는 마족이나 마물, 정령은 물론이요 몬스터라 불릴 만큼 흉측한 종족도 많았다. 그래도 그들은 각종 폴리모프 마법을 통해 인간의 모습으로 변신해 심사를 간단히 통과할 수 있었다.

그러나 이모털 무타티오의 저주에 걸린 로니안과 라우벤에게는 그것이 불가능했다. 이모털 무타티오 자체가 일종의 폴리모프 마법이며 궁극의 저주이기 때문에 그 어떤 다른 폴리모프 마법도 통하지 않았던 것이다.

그들의 모습을 폴리모프로 바꿀 수 있었다면 샤크가 진작 그렇게 해 주었을 것이다. 그것이 불가능했기에 그냥 몬스터 상태로 방치할 수밖에.

한편 오르덴 심사관들 또한 이런 경우는 매우 드물었던 터라 당혹스러워했다.

"허어! 폴리모프가 통하지 않다니 특이하군요. 안됐지만 몬스터의 모습으로는 절대 도시로 들어갈 수 없으니 저 두 분은 도시 밖에서 대기해 주셔야 합니다."

심사관들끼리 잠시 의견이 분분하기도 했다. 그것은 라따인 로니안이 몬스터냐 이종족이냐를 두고 의견이 엇갈렸기 때문이다.

사실 이런 기준은 오르덴의 도시마다 조금씩 달랐다. 확실한 몬스터로 분류되는 오크와는 달리 라따를 간혹 이종족으로 인정해 주는 도시도 있었다. 그러나 아쉽게도 트라우다의 심사관들의 다수는 라따를 몬스터로 취급했다.

따라서 어쩔 수 없이 로니안과 라우벤은 도시 바깥에서

대기해야 할 상황이었다. 그들은 울상을 지었다. 저주를 받은 것도 모자라 이런 취급을 받게 되자 더욱 서러웠던 것이다. 자연스레 그들의 원망은 매릭을 향했다. 이는 매릭이 저주를 걸지 않았으면 벌어지지 않을 일이었으니까.

'흥! 아주 죽여 버리겠어!'

'매릭! 이 사악한 마왕 놈아! 오늘 한번 죽어 봐라!'

로니안과 라우벤은 작정하고 채찍질을 하려는 듯 각자의 절대 팔찌를 채찍으로 변형시켰다. 이에 기겁한 매릭은 다급히 외쳤다.

"자, 잠깐! 심사에 이의를 제기한다."

그러자 오르덴 심사관들은 물론이요 로니안과 라우벤도 무슨 일이냐는 듯 눈을 크게 떴다. 갑자기 이의제기라니! 매릭에게 무슨 복안이라도 있는 것일까? 하긴 환야에서 오래도록 살아왔던 매릭이라면 뭔가 방법을 찾을 수도 있을 듯했다.

그때 갈색 콧수염을 가진 오르덴 심사관이 검은색 뿔테 안경을 만지작거리며 매릭을 노려봤다.

"타당한 이유가 있다면야 이의 제기는 얼마든지 할 수 있습니다만."

"크흐! 물론이다. 타당한 이유는 얼마든지 있지. 저들이 본래 인간이라는 것을 나 마왕 매릭의 이름으로 보증한다. 저들은 특별한 이유로 인해 잠시 나의 저주를 받아 몬스터의 모습을 하고 있는 것일 뿐, 본래 인간이다. 따라서 비록 지금 인간의 모습이 아닐지라도 저들을 몬스터로 분류하는 것은 타당하지 않은 것이다."

상당히 그럴듯한 논리였지만 오르덴 심사관들의 반응은 싸늘했다.

"글쎄요! 그런 건 우리가 알 바가 아닙니다. 중요한 건 지금의 모습이지요. 저들이 비록 인간이라 해도 지금 인간의 모습이 아니라면 소용없습니다."

그러자 매릭이 코웃음 쳤다.

"마왕인 내가 보증한다 하지 않은가? 어서 규정서를 찾아봐라. 이런 경우 소정의 보증금인 50베카를 걸면 특별한 조건하에 저들의 도시 진입을 허락해 주는 것으로 알고 있다."

그러자 오르덴 심사관들은 놀란 눈치였다. 그들은 혹시나 싶어 심사에 관한 각종 규정이 적혀 있는 두꺼운 책자를 가져와 찾아봤다. 그리고 과연 매릭의 말이 틀리지 않음을 발견했다. 갈색 수염 오르덴 심사관이 어색한 미소를 지으며 고개를 끄덕였다.

"그러고 보니 그런 규정이 있다는 걸 깜빡했군요. 정말 죄송합니다. 이런 기괴한 경우는 거의 없다 보니 저희들도 미처 생각 못 했습니다. 단, 이 경우 보증금으로 2천 베카가 필요한데, 보증금을 지불하시겠습니까?"

"무슨 소리! 2천 베카라니 말도 안 돼! 잘 찾아봐라. 50베카라고 적혀 있을 것이다."

"물론 예전에는 50베카였던 적이 있었지요. 그러나 금액이 너무 적다 보니 악용된 적이 많았다 합니다. 그래서 부득불 보증금의 액수를 올리게 되었다고 적혀 있군요. 정확히 설명드리면, 지금으로부터 2만 디에스 전에 새로 개정된 규정입니다. 보증금은 일인당 최소 1천 베카 이상으로 명시되어 있습니다만."

그 말에 매릭의 안색이 일그러졌다. 2만 디에스라면 클라우드 대륙의 시간으로 대략 5백 년이 넘는 시간이다. 그러니까 대략 5백 년 전에 오르덴들이 규정을 바꾼 것이 분명했다. 그때는 매릭이 부활의 무덤에서 잠들어 있던 시기였으니 그가 어찌 알 수 있겠는가.

'크으! 골치 아프게 됐군.'

매릭은 힐끗 용자 아르메스를 쳐다봤다. 사실 그가 자신 있게 이의를 제기한 것은 용자 아르메스에게 50베카 정도의 돈은 더 있으리란 생각 때문이었다.

그러나 2천 베카라면 상당히 큰 금액이었다. 물론 예전에 그가 가지고 있던 돈에 비하면 푼돈에 불과했지만, 파트리아 대륙과 같은 작은 소세계의 수호자에 불과한 아르메스가 과연 그만한 돈을 지니고 있을지 의문이었다.

그리고 설령 그가 2천 베카를 가지고 있다 해도 선뜻 그 돈을 내놓기도 쉽지 않을 것이다. 매릭이 아르메스를 쳐다보자 샤크와 로니안, 라우벤 등도 일제히 그를 쳐다봤다. 특히 로니안과 라우벤의 눈빛은 간절했다.

그러자 아르메스는 울상을 지었다. 어떻게 아공간을 탈탈 털면 2천 베카가 간신히 될 것 같긴 했다. 그러나 그 돈은 그의 전 재산이었다. 그것을 모으려고 얼마나 고생을 많이 했던가.

물론 보증금이니 돌려받을 수는 있겠지만 만에 하나 돌려받지 못할 수도 있었다. 이를테면 마왕 매릭이 사고를 친다든가, 로니안이나 라우벤이 규정을 어긴다든가 하는 사태가 벌어지면 보증금은 몰수였다.

'으음, 그런 일이 벌어지지 않는다는 보장이 어디 있단 말인가?'

그때 샤크가 다가와 아르메스의 어깨를 툭 치며 말했다.

"고작 2천 베카 가지고 뭘 그리 고민하느냐? 그러니 너의 배포가 작다는 소리를 듣는 것이다."

"하지만 저의 전 재산이다 보니……."

"염려 말고 보증금을 지불해라. 안에 들어가면 내가 이걸 팔아서 돌려줄 테니까."

샤크는 아공간에 보관해 둔 백색 빛의 돌들을 아르메스에게 보여 주며 빙그레 웃었다. 그것이 차원석이며 오르덴들이 매우 귀하게 취급한다는 것을 알고 있는 아르메스는 반색했다.

"알겠습니다."

그 즉시 아르메스는 그의 아공간을 탈탈 털어 2천 베카를 꺼내 오르덴 심사관들에게 건네주었다. 그리고 아공간에 남은 금액을 세보니 고작 28가디뿐이었다.

'1베카도 안 남았다니. 정말로 가난뱅이가 따로 없군.'

문득 한숨이 나왔지만 샤크가 차원석을 팔아서 2천 베카를 돌려준다 했으니 그때까지만 기다리면 될 것이다.

한편 그때 오르덴 심사관들이 잠시 회의를 갖더니 그중 하나가 일어나 말했다.

"라우벤 님과 로니안 님의 도시 진입을 허락하겠습니다. 단, 반드시 이 후드를 착용해야 합니다. 당신들의 외모는 순수한 오르덴 시민들에게 혐오감을 줄 수 있으니 무슨 일이 있어도 이 후드를 벗는 일이 있어서는 안 됩니다. 만일 이를 어길 경우 규정에 따라 처리할 것입니다."

그는 칙칙한 자줏빛 후드 한 장씩을 라우벤과 로니안에게 각각 건네주었다. 얼굴을 내놓지 말고 후드에 가리고 다니라는 뜻이었다. 라우벤 등은 즉각 고개를 끄덕였다.

"그렇게 하겠소."

"후드를 절대 벗지 않을게요."

꽤 불편하면서도 불쾌한 조건이었지만 그들의 표정은 의외로 밝았다.

'이렇게라도 도시에 들어갈 수 있으니 얼마나 다행인가?'

'호호, 드디어 오르덴의 도시를 구경할 수 있겠구나.'

로니안은 환야의 신비한 문명이라는 오르덴의 도시로 들어갈 수 있다는 사실에 무척이나 가슴이 설레었다. 매릭은 한바탕 채찍질을 당할 신세에서 벗어난 것에 안도의 한숨을 내쉬었고, 아르메스는 샤크가 빨리 차원석을 팔아 2천 베카를 돌려줬으면 하는 마음만 간절했다.

"자, 저를 따라오십시오. 도시로 안내하겠습니다."

도시 진입이 허락되자 단정한 옷차림의 오르덴 안내인이

샤크 일행 앞에 나타났다. 곧바로 샤크 등은 오르덴 안내인을 따라 거대한 문이 있는 곳을 향해 걸어갔다.

Chapter 12

오르덴의 도시 트라구다

"환야의 여행자들이여! 아름답고 풍요로운 도시 트라구다에 오신 것을 진심으로 환영합니다."

오르덴 안내인에 의해 도시의 입구로 들어서자 화려한 옷을 입은 오르덴 관원들이 샤크 일행을 환영했다.

"가장 중요한 주의 사항을 말씀드리자면 이곳 도시에서는 이유여하를 막론하고 그 어떤 분쟁도 금지되어 있습니다. 만일 이를 어길 경우 이후로 당신들은 환야에 속한 모든 오르덴들의 적이 될 것이며, 추후로 그 어떤 도시에도 출입할 수 없게 될 것임을 각오해야 할 것입니다."

부드럽게 환영 인사를 하며 하는 말치고는 상당히 엄중

한 경고가 담겨 있었다. 그러나 샤크 등은 이미 오르덴의 도시에서는 이와 같은 분쟁금지 규정이 있음을 알고 있었기에 그다지 신경 쓰지 않았다.

특히 샤크는 오르덴들이 상당히 현명한 규정을 만들었다는 생각이 들었다. 만일 분쟁금지 규정이 없다면 이곳 도시는 순식간에 폐허로 변해 버릴 가능성이 높았다.

환야에 존재하는 수많은 종족들이 서로 만나 사이좋게 지내기란 거의 불가능하다. 그저 용자와 마왕만 싸우는 것이 아니라 거의 모든 종족이 무리를 지어 싸움을 벌일 테니 말이다. 여차하면 크고 작은 싸움이 시종 그치지 않는 무풍지대 꼴이 날 수도 있었다.

바로 그러한 일을 우려하여 오르덴들은 아주 강력한 분쟁금지 규정을 만든 것이 분명했다.

또한, 외모를 인간이나 유사 인간 종족으로 한정시킨 것도 그와 같은 맥락에서 생각하면 이해가 되었다. 비슷한 외모라는 동질감을 주어 서로 간의 충돌을 자제토록 하려는 목적이었을 것이다.

그러나 단순히 분쟁금지 규정만 존재한다면 그 누가 그것을 지키겠는가? 규정을 지키지 않은 이에 대한 강력한 제제가 없으면 그 누구도 규정을 지키려 하지 않을 것이다.

 그것을 오르덴들은 그들의 연합된 힘을 통해 해결했다. 일개 도시의 힘으로는 마왕이나 용자와 같은 환야의 강자들을 상대하기 쉽지 않지만, 모든 도시가 연계한다면 상황이 달라지게 될 테니까.

 개별적인 힘은 평범하지만 뭉치면 가히 무한대의 힘을 발휘하는 이들!

 따라서 아무리 가공할 만한 전투력을 가진 마왕이나 용자라 해도 오르덴들과 적이 되는 것은 극히 어리석은 일이었다. 무엇보다 오르덴들은 항상 중립을 지키고 있으니 그들과 적이 되는 것보다 공생하는 것이 생존에 훨씬 유리할 것이다.

 "할아버지! 저길 봐요! 건물이 위로 쭉쭉 뻗어 있어요."

 "허! 몇 층 건물이야 저게! 10층도 넘겠는걸."

 그때 로니안과 라우벤은 우뚝 솟은 건물들을 보며 호들갑을 떨었다. 잠시 상념에 빠졌던 샤크의 시선도 자연스레 그들이 쳐다보고 있는 건물들로 향했다.

 도시 입구로부터 쭉 뻗은 각종대로와 소로들! 그 사이로 온갖 형상의 건물들이 당당한 위용을 자랑하고 있었다. 건물의 형태만큼이나 용도도 다양했다. 진귀한 물건을 파는 상점들부터 시작해서 오르덴들이 거하는 주택, 또한 식당이나 술집, 여관 등으로 보이는 건물들도 보였다.

게다가 거리엔 꽤 많은 사람들이 거닐고 있었다. 대체 이 삭막한 환야의 벌판에 위치한 도시에 어떻게 이토록 많은 사람들이 모여들었는지 신기할 지경이었다.

"와아! 사람이 정말 많네요."

후드를 눌러 쓴 로니안이 감탄성을 발했다. 그러자 루델이 고개를 흔들었다.

"저들은 인간이 아니라 대부분 오르덴들이야. 나머진 인간으로 변신한 외부의 방문자들이고. 저들 중 진짜 인간은 거의 없다고 보면 돼."

루델의 말이었다. 로니안 역시 그녀가 말하지 않아도 대충 짐작하고 있었다. 마차에서 이미 귀가 따갑도록 들은 얘기들이었으니까.

그러나 사실을 알고 있어도 눈에 보이는 도시의 모습만 보면 오직 인간들만 살고 있는 도시 같았다.

'후후, 정말 신기해.'

자줏빛 후드 아래로 반짝이는 그녀의 두 눈은 경이로움에 젖어 있었다. 놀랍게도 건물을 이루는 작은 벽돌 하나들에도 심상치 않은 마법이나 주술이 깃들어 있음을 알게 되었던 것이다. 어떤 벽돌에선 감미로운 음악이 흘러나왔고, 어떤 벽돌은 수시로 반짝이며 시선을 끌었다.

그러다 로니안은 가만히 서 있으면 상공으로 날아올라 도시의 전망을 감상할 수 있는 마법 원반들이 곳곳에 존재함을 발견했다.

물론 오르덴들의 도시답게 공짜는 아니었다. 원반을 타려면 인근의 오르덴 관리원들에게 돈을 내야 했다.

"일 인당 1베카입니다. 이 저렴한 금액만 있으면 트라구다의 멋지고 환상적인 정경을 상공에서 내려다보는 행운을 누릴 수 있답니다."

'아, 1베카만 있으면 정말 좋을 텐데.'

로니안은 저 마법의 원반을 타보고 싶었다. 라우벤은 그런 손녀 로니안의 마음을 눈치챘다. 문제는 그가 빈털터리라는 것! 물론 클라우드 대륙의 돈은 적잖게 있지만 오르덴 화폐인 베카와 가디가 없으면 이곳에선 거지나 마찬가지였다.

'안 되겠군.'

라우벤은 어디 가서 앵벌이를 해서라도 1베카를 구해 로니안에게 꼭 원반을 태워 줄 생각을 했다.

그런데 굳이 그럴 필요가 없었다. 그 잠깐 사이에 샤크가 상점에 가서 차원석을 처분해 돈을 잔뜩 벌어왔던 것이다.

샤크는 12개의 차원석을 처분해 도합 4천2백 베카의 돈을 받았다. 그중 2천 베카는 약속대로 아르메스에게 주었고, 라우벤을 따로 불러 그의 주머니에 5백 베카를 넣어 주었다.

"이걸로 뭐든 먹고 싶은 것이 있으면 먹고, 필요한 물건이 있으면 사도록 해라."

"로드. 제가 어찌 이토록 큰돈을?"

라우벤은 깜짝 놀라 사양하려 했다. 샤크는 어깨를 으쓱했다.

"모처럼 할아버지 노릇을 제대로 해 보라고 주는 것이다."

"로드……."

라우벤은 감동했다. 그렇지 않아도 손녀 로니안에게 뭔가를 해 주고 싶어 앵벌이라도 하려던 그가 아니었던가? 그런데 샤크가 그런 자신의 심정을 훤히 읽고 있을 줄은 몰랐던 것이다.

그러고 보면 샤크가 그를 이렇게 감동시킨 적이 또 한 번 있었다. 그것은 20여 년 전의 일로, 당시 샤크는 비니안과 롤란드의 결혼을 축하한다며 막대한 금액의 축하금을 내놓

앉던 것이다. 마왕인 샤크에게 그토록 따스한 잔정이 존재하고 있음을 남들은 상상도 못 할 것이다.

그때 샤크가 힐끗 라우벤을 노려봤다.

"왜 가지 않고 왜 우두커니 서 있는 거냐? 아무래도 그 돈이 필요 없다 보군. 그렇다면 할 수 없지. 이리 내놔라!"

"헉! 아닙니다."

라우벤은 무슨 소리냐는 듯 주머니를 움켜쥐며 뒤로 한 걸음 물러났다. 그러고는 히죽 웃으며 말했다.

"고맙습니다, 로드."

"고마우면 잘해."

"아무렴 잘해야죠. 뭐든 시켜만 주십시오. 로드를 위해서라면 생명이라도 바치겠습니다."

그러자 샤크는 혀를 찼다.

"쯧! 내게 잘하라는 것이 아니라 로니안에게 잘하라는 거다. 불쌍한 아이 아니냐? 그 나이에 몬스터가 되어서 환야를 떠도는 게 쉬운 일은 아닐 텐데 말이야."

"……!"

순간 라우벤은 손등을 들어 눈가를 훔치고 말았다. 그는 샤크가 로니안을 평소에 못마땅하게만 여기고 있는 줄 알았다. 그저 그가 부하인 자신의 얼굴을 봐서 그냥 참아주고 있는 것이라 생각했다.

그러나 지금 샤크의 말에는 진심으로 로니안을 걱정해 주는 따스한 정이 담겨 있었다.

그 순간 라우벤은 울컥 감동해 눈물을 훔쳤는데, 그러다 하마터면 얼굴을 가렸던 후드가 뒤로 넘어갈 뻔해서 깜짝 놀라 황급히 눌러썼다.

"로드는 여러모로 사람을 감동시키는 재주가 있는 것 같습니다."

라고 외치려던 그는 일순 어리둥절한 표정으로 앞을 쳐다봤다. 그 사이 샤크가 어디론가 사라져버렸던 것이다.

'어디로 가신 건가? 참, 엉뚱하신 분이라니까. 아무튼 내가 이럴 때가 아니지.'

라우벤은 머쓱한 표정으로 주위를 살펴보다 로니안이 있는 곳으로 달려갔다.

'로니안! 이제 네가 원하는 건 뭐든 다 해 주마.'

주머니가 두둑해지자 라우벤은 세상 모든 것을 얻은 듯 신이 나 있었다. 그때까지 로니안은 마법의 원반들 주위에서 물끄러미 그것들을 쳐다보고 있었는데, 루델과 매릭, 아르메스는 어디로 갔는지 보이지 않았다.

"로니안!"

"할아버지! 어딜 다녀오셨어요?"

로니안의 음성은 시무룩했다. 그녀는 마법 원반을 타고 싶었지만 할아버지 라우벤에게 돈이 없다는 것을 알고 있기에 별다른 기대를 하지 않았다.

오히려 그녀는 자신이 혹시라도 라우벤의 가슴을 아프게 하지 않을까 우려해서 가급적 표정을 밝게 하려고 애쓰는 중이었다.

"로니안, 저 마법 원반을 타고 싶은 게로구나."

"아니에요. 그냥 구경만 해도 신이 나는 걸요. 호호!"

그러나 로니안은 모른다. 그녀가 아무리 자신의 속마음을 감추려 노력한다 해도 그것이 라우벤에게는 훤히 보인다는 사실을 말이다. 라우벤은 의미심장한 미소를 짓더니 오르덴 관리인에게 걸어가 말했다.

"험! 여기 마법 원반을 타려고 하는데 얼마요?"

"두 분이시면 2베카입니다만."

"여기 있소."

라우벤이 흔쾌히 2베카를 건네주자 오르덴 관리인의 얼굴이 환해졌다. 그는 한없이 정중한 표정으로 허리를 숙이며 외쳤다.

"후후, 아주 탁월하신 선택이십니다. 자, 그럼 원반 위에 오르시지요. 이제 두 분은 트라구다의 환상적인 정경을 발 아래로 내려다보실 수 있게 될 것입니다."

곧바로 라우벤이 깜짝 놀란 표정으로 두 눈을 휘둥그레 뜨고 있는 로니안을 불렀다.

"뭐 하느냐, 로니안. 어서 이리 오지 않고. 원반을 타고 싶지 않으냐?"

"와아!"

비로소 상황이 이해된 로니안은 환호성을 지르며 달려왔다. 그녀는 원반 위에 훌쩍 뛰어오르며 물었다.

"어떻게 된 거예요, 할아버지?"

"험, 녀석! 내가 이 정도 능력도 없을 줄 알았느냐? 이것 말고도 하고 싶은 것은 다 말해 봐라. 뭐든 다 들어주마."

"이야! 신 난다."

뭐든 하고 싶은 걸 다 하게 해 준다니 로니안은 신이 나 미칠 지경이었다. 그때 그들이 탄 원반이 상공으로 구름처럼 날아올랐다.

우우우웅—

"와! 정말 신기해요!"

원반 위에서 내려다본 도시 트라구다 정경은 로니안이

마치 꿈속에서 보던 도시 같았다.

마법과 환상의 도시! 그와 어우러진 신비한 자연!

도시 내에는 아름다운 수풀이 우거진 커다란 공원도 있었고, 보석처럼 빛나는 물이 흐르는 강들도 있었다. 반인반어의 아름다운 머메이드들이 상공을 헤엄치듯 날아다니는 모습도 보였다.

무엇보다 마음에 드는 것은 도시 전체가 로니안이 살았던 머턴 왕국의 도시들과는 비교할 수 없이 깨끗하다는 사실이었다. 바닥이 유리처럼 반짝일 정도였다.

'볼수록 멋진 곳이야. 이런 곳에서 영원히 살 수 있다면 얼마나 좋을까?'

로니안은 머턴 왕국의 삼대 공작가의 하나인 오마다 공작가의 영애였던 터라 그래도 꽤 번화한 도시 생활을 했었지만, 이곳 오르덴의 도시에 비하면 그곳은 그저 초라한 시골구석에 불과했다.

그렇게 로니안이 도시의 아름다운 정경에 눈이 팔려 있는 모습을 라우벤은 흐뭇한 표정으로 쳐다봤다. 물론 후드에 가려 표정은 볼 수 없었지만 연신 튀어나오는 탄성만으로도 로니안이 얼마나 기뻐하는지 알 수 있었던 것이다.

"어머! 저길 봐요, 할아버지. 머메이드들이 날아다니고 있어요."

"오! 그렇구나, 하핫."

그로서는 이 트라구다의 환상 같은 정경보다 손녀 로니안이 기뻐하는 모습이 더욱 보기 좋은 것일까? 후드 속에 가려진 그의 입가에는 흐뭇한 미소가 그치지 않았다. 아무래도 그는 어쩔 수 없는 손녀바보인 듯했다.

한편 그렇게 로니안과 라우벤이 마법 원반을 타고 트라구다의 정경을 관람하고 있는 사이 샤크는 상점가를 거닐고 있었다.

왁자지껄! 시끌벅적!

상점가는 수많은 인파로 북적였고 그들이 상인들과 흥정하는 소리들이 귀를 따갑게 할 정도였다.

'흠.'

샤크는 상점마다 잔뜩 진열되어 있는 물품들을 담담히 쓸어보고만 지나갈 뿐 뭔가를 구입하지는 않았다. 하나같이 특이한 것들인 것은 맞지만 그렇다고 해서 굳이 구입할 만큼 관심이 생기는 것들은 없었기 때문이다.

물론 돈이 엄청나게 많다면야 웬만큼 눈에 들어오는 것

들은 몽땅 다 구입할 수도 있겠지만, 아직 그런 식으로 팍팍 쓸 만큼 여유가 많지는 않았다.

그러던 샤크의 시선을 확 끄는 장소가 있었다. 그곳은 특이한 경매장이었는데, 그야말로 생각지도 못했던 기괴한 경매 물품이 나와 있었다.

"자, 환야의 뛰어난 모험가들이 발견한 소세계의 좌표입니다. 물론 용자도 마왕도 없는 미개척지입니다. 1만 베카부터 시작하겠습니다."

순간 샤크는 잘못 들었나 싶어 귀를 의심하고 말았다. 그러나 이어지는 설명을 들어보니 틀림없었다. 클라우드 대륙과 같은 소세계의 좌표가 경매로 나와 있을 줄이야.

"1만 1천!"

"1만 5천!"

"2만!"

좌표가 탐나는지 도처에서 경쟁적으로 외치는 소리가 들림과 동시에 경매가는 순식간에 2만 베카를 넘어섰다. 그러고도 멈출 줄을 몰랐다.

"2만 8천!"

"3만!"

어느새 3만 베카가 나오더니 금세 다시 4만 베카를 넘어서자 하나둘 경매를 포기하고 경매장을 떠나는 모습이 눈에 들어왔다. 마지막까지 남은 이는 둘이었다.

"5만 베카!"

마왕으로 추정되는 회색 머리 사내가 인상을 일그러뜨리며 크게 외치자 용자로 추정되는 금발 여인이 손을 들고 담담히 외쳤다.

"5만 1천 베카!"

마왕과 용자가 경매를 통해 서로를 견제하고 있었다.

"으득! 5만 2천 베카!"

"5만 3천 베카!"

"크으! 빌어먹을! 포기다."

결국 회색 머리 사내가 포기를 선언함에 따라 그 좌표는 금발여인에게 5만 3천 베카로 낙찰되었다. 금발 여인의 안색이 희열로 물들었다.

"후훗."

그녀는 자신이 경매에서 이긴 것이 기쁜지 오연히 미소지었다. 샤크는 잠시 멍한 표정으로 그녀를 쳐다봤다.

'5만 3천 베카라! 돈도 많군.'

현재 샤크의 재력으로는 엄두도 없는 일이었다. 그나마 샤크로서는 새로운 소세계의 운명이 마왕이 아닌 용자에게 돌아갔다는 것이 안심이었다. 만일 마왕에게 들어갔으면 그곳 세계는 대재앙이 임하게 될 테니 말이다.

금발 여인은 누군지 모르지만 용자로서 상당한 재력을 갖추고 있었는데 그녀에게서 풍겨나는 기세는 아르메스보다 훨씬 강력했다. 얼마 전 샤크에게 죽임을 당한 마왕 포르미카를 능가할 정도였다.

또한 회색 머리 사내의 기세도 그녀 못지않았다. 그는 자신이 노리던 매물을 금발 여인에게 빼앗긴 것이 못내 분한지 그녀를 사납게 노려보다가 어디론가 사라졌다.

사실 그러한 모습은 샤크가 보기에 상당히 특이하면서도 흥미로운 광경이었다. 만일 이곳이 오르덴의 도시가 아닌 다른 곳이었다면 어떻게 되었을까?

애초부터 마왕과 용자간의 경매 경쟁 따위는 존재하지 않았을 것이다. 경매는 무슨 얼어 죽을 경매인가? 둘은 서로를 발견하자마자 전력을 다해 상대를 죽이려 했을 것이다.

그런데 마왕이 이토록 순순히 물러가다니. 그것도 용자에게 자신이 노리던 소세계의 좌표를 빼앗기고도 말이다. 그런데도 그것이 어색하다기보다는 왠지 자연스러워 보이니 샤크로서는 흥미롭지 않을 수 없었던 것이다.

'이건 오직 오르덴의 도시에서만 구경할 수 있는 특이한 광경이겠군.'

한편 그 사이 경매장에서는 또 다른 경매가 시작되고 있었다.

"자, 이것이 무엇이냐? 바로 게이트 시드입니다. 다들 알고 계시겠지만, 이 특별한 씨앗을 잘 심어 키우면 희박한 확률이지만 미지의 소세계로 갈 수 있는 게이트를 얻을 수 있지요. 스스로 행운이 있다고 생각하시는 분들은 이 특별한 기회를 놓치지 마시길 바랍니다. 그럼 3백 베카부터 시작하겠습니다."

희박한 확률로 미지의 소세계로 통하는 게이트를 얻을 수 있는 씨앗이 존재하다니. 대체 저런 씨앗은 어디에서 생겨난 것일까? 샤크는 호기심이 생겨 경매를 지켜봤다.

"300베카!"

"310베카!"

곧바로 경매가 시작되었는데 이 물건은 의외로 인기가 없었다. 희박한 확률로 얻을 수 있다고 하니 별 관심을 끌지 못하는 듯했다.

"310베카! 더 없습니까?"

샤크는 문득 320베카를 외치고 싶은 충동이 들었다. 희박한 확률이라지만 행운을 한 번 시험해 보는 것도 나쁘지 않으리라.

"320베카!"

그러나 그때 누군가 샤크보다 앞서 320베카를 외쳤다. 낯익은 음성이라 고개를 돌려 쳐다보니 다름 아닌 매릭이 아닌가? 샤크는 어이가 없었다.

'흠, 아까까지 단 1가디도 없던 녀석이 대체 언제 저만한 돈을 벌었지?'

평소 틈나는 대로 아공간에 뭔가를 챙겨 넣더니 그 사이 그걸 처분해 돈을 번 것이 분명했다.

"자, 320베카! 더 없습니까? 없으면 이 금액에 낙찰하겠습니다."

샤크는 매릭과 경쟁을 벌이고 싶은 생각은 없었기에 잠잠히 있었다. 그러자 게이트 시드는 매릭에게로 낙찰되었다. 경매에 성공한 그의 얼굴은 희열로 가득했다. 그러다 샤크가 다가오자 움찔 놀랐다.

"헉, 로드!"

"흠, 뭘 그리 놀래지?"

"갑자기 나타나셔서 놀랐습니다."

"그게 게이트 시드냐?"

샤크는 매릭이 움켜쥐고 있는 남색 광채의 씨앗을 가리키며 물었다.

"아, 이건 그냥 장난삼아 산 겁니다."

매릭은 혹시라도 빼앗길 것 같았는지 게이트 시드를 자신의 아공간으로 냉큼 넣어버렸다. 순간 샤크의 얼굴이 험악하게 변했다.

"과연 장난일까? 말해 봐라. 네 녀석이 미지의 소세계로 통하는 게이트를 얻어서 뭘 하려는 것이냐?"

마왕인 매릭이 가서 할 일이 무엇이겠는가? 샤크 몰래 그곳 세계로 건너가 온갖 못된 짓을 다 할 것이 분명했다. 샤크가 추궁하자 매릭은 히죽 웃었다.

"그게 아니라 사실 운이 좋으면 큰돈을 벌 수 있지요. 단순히 좌표 정도를 아는 것만도 5만 베카의 가치가 있는데, 이건 아예 게이트가 열리는 거니 경매로 내놓으면 최소 10만 베카 이상일 겁니다."

"듣기로는 성공 가능성이 희박하다고 하던데?"

"크헷! 모험이 없이 어찌 큰돈을 벌 수 있을까요? 성공하면 그 돈은 당연히 로드께 모두 바칠 생각입니다."

"뭐 그건 기특한 생각이구나."

샤크는 짐짓 흡족해하는 미소를 지었다. 물론 그는 매릭이 결코 그런 착한 일을 하지 않을 것임을 잘 알고 있었지만 말이다.

"자, 이번에 나올 물건은······."

그 사이 다시 경매가 시작되고 있었다. 샤크는 더 이상 경매에는 흥미가 없어 다른 곳으로 발걸음을 옮겼다. 매릭이 뒤따라오며 물었다.

"로드, 성녀가 있는 소세계들의 좌표는 알아내셨습니까?"

"그렇지 않아도 그걸 알아보려던 참이다."

용자 아르메스가 있는 파트리아 대륙에도 성녀가 있다고 했지만, 그녀의 신성력이 과연 이모털 무타티오의 저주를 풀만큼 강력한지는 확신할 수 없는 터였다. 따라서 또 다른 성녀가 있는 소세계들의 좌표도 알아 둘 필요가 있었던 것이다.

"로드, 그런 건 정식으로 알아보려면 무척 비쌉니다. 차라리 술집에 가서 물어보는 게 싸게 먹히죠."

"술집이라고?"

"예. 예전에 제가 잘 쓰던 방법입니다. 술집 주인 녀석들은 이것저것 주워들은 게 많거든요. 비싼 술을 시키고 약간의 팁만 줘도 웬만한 정보는 술술 나옵니다."

"흠. 그렇다면 술집에 가 봐야겠군. 쓸 만한 정보가 있을 만한 곳으로 안내해봐라."

"예, 로드. 저를 따라오십시오."

샤크가 술집을 간다고 하자 매릭은 신이 나서 앞장섰다. 술집은 지하 유흥가 쪽에 대거 위치하고 있었는데 매릭은 두리번거리다 그중 가장 으슥한 곳에 위치한 곳으로 샤크를 데려갔다.

"저곳이 좋겠군요, 로드."

"꽤나 음침해 보이는걸."

"음침할수록 쓸 만한 정보가 많이 모이는 법이죠."

샤크는 그런 매릭의 말에 어이가 없다는 듯 인상을 살짝 찌푸렸다. 그러나 매릭이 워낙 자신만만해했기에 한 번 들어가 보기로 했다.

"크흐흐! 어, 어서옵쇼!"

"좋은 시간 되십시오!"

입구에서 험상궂은 인상에 건장한 체격을 지닌 사내들이 꾸벅 허리를 숙여 샤크와 매릭을 맞이했다. 특이한 건 그 사내들은 오르덴이 아닌 마족들이었다. 샤크는 단번에 그들의 정체를 알아봤다.

그러나 마족들은 아무것도 아니었다. 안쪽에서 그들과는

비할 수 없이 강력한 마기들이 느껴졌기 때문이다.

'이 술집 안에만 마왕이 일곱 놈이나 있군.'

무슨 마왕 소굴이라도 되는 것일까? 아무래도 마왕들이 애용하는 술집인 모양이었다.

"흐흐! 분위기 좋은데요, 로드?"

매릭은 마기로 가득 찬 술집으로 들어오자 더욱 흥이 난 듯했다. 샤크는 매릭과 함께 미모의 바텐더가 서 있는바 쪽으로 향하다 힐끗 고개를 돌려 한곳을 쳐다봤다.

커다란 테이블을 가운데 두고 빙 둘러앉아서 술을 마시고 있는 열두 명의 인물들! 놀랍게도 그곳에 마왕들이 모두 모여 있었다. 무려 일곱 명이나!

그런데 거기까지는 그리 특이할 것도 없었다. 이곳은 음침한 마기가 가득한 술집이니 마왕들이 모여든 것은 어찌 보면 당연한 일인 것이다.

그러나 그 마왕들과 더불어 술을 즐기고 있는 또 다른 자들의 정체였다. 샤크는 그들이 누군지도 한눈에 알아봤다. 마왕인 그의 본능으로 확신할 수 있는 존재들! 다름 아닌 용자들이었다.

이곳이 아무리 분쟁금지의 룰이 존재하는 오르덴의 도시라지만 어찌 용자와 마왕들이 어우러져 대작을 하고 있단 말인가. 그것도 그들은 오늘 우연히 술집에서 만난 것이 아니라 본래부터 알고 있는 듯 상당히 친밀해 보였다.

그러다 샤크는 그 다섯 명의 용자들 중 한 명을 뚫어져라 노려봤다. 그는 웬만한 미녀보다 더 아름다운 미모를 가진 금발 청년이었는데, 놀랍게도 그로부터 은은히 뿜어져 나오는 기세가 나머지 모든 마왕들과 용자들을 압도하고 있었다.

그러나 샤크를 정작 깜짝 놀라게 한 것은 그 금발 청년이 아니었다. 그 청년을 포함한 다섯 명의 용자들과 일곱 명의 마왕들이 흥청망청 술을 마시고 있는 모습을 멀리서 매우 못마땅하다는 듯 노려보고 있는 한 명의 여인!

탐스러운 붉은 머리를 가진 그 여인의 외모는 실로 아름다웠지만 샤크가 그녀를 절대 잊을 수 없었던 것은 그녀의 미모 때문이 아니었다.

그녀는 샤크가 소마왕으로 태어난 첫날 그를 죽음의 위기에서 구해 준 생명의 은인이었기 때문이다.

그렇다. 그 붉은 머리의 여인은 당시 샤크의 생명을 구해줬을 뿐 아니라 당혹스러운 첫 키스의 추억까지 남겨준 로아탄 카렌이었다.

그때 카렌은 누군가 자신을 쳐다보고 있음을 느꼈는지

신경질적으로 고개를 홱 돌렸다. 그러다 샤크와 눈이 마주친 그녀의 두 눈이 커졌다.

〈다음 권에 계속〉

DREAMBOOKS★

DREAMBOOKS★

DREAMBOOKS★

DREAMBOOKS